John Cromartie besucht mit seiner Freundin Josephine Lackett den Zoologischen Garten, dabei kommt es zu einem Streit. Josephine hält John seine »atavistischen Ansichten« vor und meint, er gehöre selber in den Londoner Zoo. Gesagt, getan: Kurzerhand schreibt Cromartie an die Zoo-Direktion, seinem Anliegen wird entsprochen und bald darauf zieht er in einen Käfig im Affenhaus. Seine beiden Nachbarn, ein Schimpanse und ein Orang-Utan, sind alles andere als begeistert und würden den neuen Mitbewohner, vor dessen Käfig die Leute Schlange stehen, vor lauter Eifersucht am liebsten in der Luft zerreißen …

David Garnett, am 9. März 1892 in Brighton geboren, war Schriftsteller, Buchhändler, Verleger und Kritiker. In zweiter Ehe war er mit Angelica Bell verheiratet, der Tochter seiner Freunde aus der Bloomsbury-Gruppe, Vanessa Bell und Duncan Grant, mit denen er eine Zeit lang in Charleston Farmhouse zusammengelebt hatte. David Garnett verstarb am 17. Februar 1981.

Maria Hummitzsch, 1982 in Magdeburg geboren, studierte in Leipzig, Lissabon und Florianópolis Übersetzung, Psychologie und Afrikanistik. Sie arbeitet seit 2011 als Literaturübersetzerin aus dem Englischen und Portugiesischen, u. a. von David Foster Wallace, Shani Boianjiu und Beatriz Bracher. Maria Hummitzsch lebt mit ihrer Tochter in Leipzig.

David Garnett bei btb
Dame zu Fuchs

David Garnett

MANN IM ZOO

Roman

Aus dem Englischen
von Maria Hummitzsch

btb

Der Originaltitel »A Man in the Zoo« erschien 1924 bei
Chatto & Windus, London.

Die Übersetzung folgt dieser Ausgabe.

FSC
www.fsc.org
MIX
Papier aus verantwortungsvollen Quellen
FSC® C014496

Verlagsgruppe Random House FSC® N001967

1. Auflage
Genehmigte Taschenbuchausgabe Februar 2019
btb Verlag in der Verlagsgruppe Random House GmbH,
Neumarkter Straße 28, 81673 München

www.doerlemann.com
Covergestaltung: semper smile, München
nach einem Entwurf von Mike Bierwolf
unter Verwendung einer Illustration von takahuli production
© Shutterstock/takahuli.production
Druck und Einband: GGP Media GmbH, Pößneck
MK · Herstellung: sc
Printed in Germany
ISBN 978-3-442-71718-7

www.btb-verlag.de
www.facebook.com/btbverlag

Für Henrietta Bingham
und Mina Kirstein

Vorbemerkung des Autors

Ich danke Mr Arthur Waley für die Erlaubnis, aus seiner Übertragung eines Gedichts von Wang Yanshou zitieren zu dürfen, veröffentlicht in *The Temple and other Poems* (Messrs. Allen & Unwin).

Darüber hinaus möchte ich betonen, dass ich die *Königliche Zoologische Gesellschaft* stets geachtet und bewundert habe und den Ruf ebenjener mit dieser Geschichte in keiner Weise, weder explizit noch implizit, zu schädigen gedenke.

John Cromartie und Josephine Lackett zeigten am Drehkreuz ihre grünen Eintrittskarten und betraten den Garten der Zoologischen Gesellschaft durch das Südtor.

Es war ein warmer Tag Ende Februar, ein Sonntagmorgen. Ein Hauch von Frühling lag in der Luft, gepaart mit den Gerüchen von Tieren – Yaks, Wölfen und Moschusochsen –, was die zwei Besucher jedoch nicht bemerkten. Die Verliebten hatten Streit.

Bald schon kamen sie zu den Wölfen und Füchsen und blieben vor einem Käfig stehen, in dem das Tier einem Hund doch recht ähnlich sah.

»Die anderen, die anderen! Immer dreht sich alles um die anderen«, sagte Mr Cromartie. Seine Begleiterin reagierte nicht, und so fuhr er fort:

»Du sagst, einer fühlt dies, ein andrer womöglich das. Sprichst mir gegenüber einzig von dem, was die anderen fühlen oder fühlen könnten. Oh, ich wünschte, du würdest sie alle vergessen und mir sagen, was du fühlst, aber wahrscheinlich musst du über die Gefühle der anderen sprechen, weil du selbst keine hast.«

Das Tier vor ihnen langweilte sich. Schaute kurz auf und vergaß sie sogleich. Es lebte auf engem Raum und hatte die Welt jenseits der Gitter vergessen, in der Geschöpfe, die ihm nur allzu ähnlich waren, wild umherjagten.

»Wenn das der Grund ist«, sagte Cromartie, »so sag es ruhig. Es wäre nur aufrichtig, wenn du mir sagtest, dass du nichts für mich empfindest. Unaufrichtig aber ist, wenn du erst sagst, dass du mich liebst, und dann, dass du Christin bist und alle Menschen gleich liebst.«

»So ein Unsinn«, sagte die junge Frau, »du weißt, dass das Unsinn ist. Mit Christlichkeit hat das nichts zu tun, sondern damit, dass ich mehrere Menschen sehr lieb habe.«

»Du hast nicht mehrere Menschen sehr lieb«, unterbrach Cromartie sie. »Menschen wie deine Tanten kannst du unmöglich lieb haben. Keiner könnte das. Nein, in Wahrheit liebst du niemanden. Das redest du dir nur ein, weil dir der Mut fehlt, für dich allein zu stehen.«

»Ich weiß recht wohl, wen ich liebe und wen nicht«, sagte Josephine. »Und solltest du von mir verlangen, dass ich mich zwischen dir und allen anderen entscheide, so wäre ich dumm, mich dir auszuliefern.«

Dingo ♂ *Canis familiaris var.* New South Wales, Australien

»Armer kleiner Dingo«, sagte Cromartie. »Sie sperren die Tiere unter den fadenscheinigsten Vorwänden ein. Das hier ist doch ein gewöhnlicher Hund.«

Der Dingo winselte und wedelte mit dem Schwanz. Er wusste wohl, dass von ihm die Rede war.

Josephine wandte sich dem Dingo zu, und wie sie ihn so anschaute, wurden ihre Gesichtszüge ganz weich.

»Ich nehme an, sie müssen hier alles haben, jedes nur erdenkliche Tier, selbst wenn es nichts weiter ist als ein gewöhnlicher Hund.«

Sie gingen zum nächsten Käfig, blieben Seite an Seite davor stehen und betrachteten das Tier.

»Der Schlankhund«, las Josephine das Schild vor. Sie lachte, und der schlanke Hund erhob sich und ging weg.

»Und das hier ist also ein Wolf«, sagte Cromartie, als sie ein paar Meter weiter erneut haltmachten. »Noch so ein eingesperrter Hund … ›Dich mir auszuliefern‹, Josephine, das ist doch verrückt. Und zeigt, dass du mich nicht liebst. In der Liebe heißt es: Alles oder nichts. Du kannst nicht mehrere Menschen gleichzeitig lieben. Das weiß ich, weil ich dich liebe und somit jeder andere Mensch mein Feind ist, zwangsläufig mein Feind ist.«

»Was für ein Unsinn!«, sagte Josephine.

»Wenn ich dich liebe«, fuhr Cromartie fort, »und du mich, so sind alle Menschen Feinde für mich, nur du nicht, und alle sind Feinde für dich, nur ich nicht. Dumm, dich mir auszuliefern! Ja, du bist dumm, wenn du glaubst, dass du liebst, obwohl du es nicht tust, und ich wäre dumm, sollte ich dir glauben. Einem Menschen, den du liebst, lieferst du dich nicht aus, sondern kannst ihm gegenüber ganz du selbst sein, statt in eine Rüstung zu steigen.«

»Gibt es hier denn nichts als zahme Hunde?«, fragte Josephine.

Sie gingen gemeinsam auf das Löwenhaus zu, und Josephine hakte John unter. »Eine Rüstung. Das will mir so gar nicht in den Sinn. Ich ertrage es nicht, Menschen weh zu tun, die ich liebe, und darum werde ich nicht mit dir leben oder irgendetwas tun, das sie kränken würde, sollten sie es erfahren.«

John sagte nichts dazu, zuckte nur mit den Schultern, kniff die Augen zusammen und rieb sich die Nase. Im Löwenhaus gingen sie langsam von einem Käfig zum nächsten, bis sie zu einem Tiger kamen, der hin und her lief, immerzu, hin und her, und unerträglich vertraut den großen gezeichneten Kopf drehte, wobei er mit den Schnurrhaaren die Backsteinwand streifte.

»Die armen Tiere, sie müssen ihre Schönheit teuer bezahlen«, sagte John nach einer Pause. »Was nur unterstreicht, was ich gesagt habe. Die Menschen wollen alles Schöne einfangen und wegsperren, um dann in Scharen herbeizueilen und mit anzusehen, wie es nach und nach verendet. Darum ist es besser, man versteckt sein wahres Ich und lebt verborgen hinter einer Maske.«

»Wie ich dich hasse, John, dich und deine Ideen. Ich liebe meine Mitmenschen, also die meisten jedenfalls, ich kann nicht anders, und ich kann doch nichts dafür, wenn du ein Tiger bist und kein Mensch. Ich bin nicht verrückt, sondern vertraue mich den Menschen mit jeder Faser an und habe hoffentlich nie irgendwelche Gefühle, die ich nicht gern mit ihnen teilte. Gut, dann bin ich eben eine Christin – immer noch besser, als an Verfolgungswahn zu leiden und mich einschüchtern zu wollen, weil ich Vater und Tante Eily lieb habe.«

Aber Miss Lackett wirkte nicht allzu eingeschüchtert, als sie das sagte. Im Gegenteil, ihre Augen glänzten, ihre Wangen glühten und ihr Blick war gebieterisch, während sie unablässig mit der Schuhspitze auf den Steinboden klopfte. Das Geräusch fiel Mr Cromartie auf die Nerven, also kommentierte er es absichtlich leise, damit Josephine ihn nicht verstand; das einzige verständliche Wort war »einschüchtern«.

Was er gesagt habe, fragte sie darauf harsch. John lachte. »Welchen Sinn hat es, dir überhaupt etwas zu sagen, wenn du doch schon in Rage gerätst, noch ehe du gehört hast, was ich sagen möchte?«

Josephine erbleichte vor Selbstbeherrschung; einen friedlich daliegenden Löwen funkelte sie derart wütend an, dass sich das Tier kurz darauf erhob und im Anbau hinter dem Käfig verschwand.

»Josephine, nun sieh es doch ein. Entweder du liebst mich oder du liebst mich nicht. Wenn du mich liebst, wird dir der Preis, die anderen für mich zu opfern, nicht zu hoch sein. Genau das tust du aber nicht, woraus folgt, dass du mich nicht liebst und nur gern um dich hast, weil es deiner Eitelkeit schmeichelt. Ich wünschte, du würdest dir dafür einen anderen suchen. Ich mag diese Rolle nicht, und jeder alte Freund deines Vaters wäre eine bessere Besetzung als ich.«

»Was fällt dir ein, die alten Freunde meines Vaters ins Feld zu führen?«, erwiderte Josephine. Sie schwiegen. Plötzlich sagte Cromartie: »Zum letzten Mal, Josephine, willst du mich deinen Verwandten zum Trotz heiraten oder nicht?«

»Nein! Du einfältiger Barbar!«, sagte Josephine. »Nein, du wildes Tier. Verstehst du denn nicht, dass man seine Mitmenschen nicht so behandelt? Ist denn wirklich jedes meiner Worte umsonst? Einhundert Mal habe ich dir erklärt, dass ich meinen Vater nicht ins Unglück stürzen werde. Ich habe nicht vor, mich enterben zu lassen und von dir *abhängig* zu sein – zumal dein Geld noch nicht einmal für dich alleine reicht –, nur um deine Eitelkeit zu stillen.«

»Meine *Eitelkeit?* Du glaubst, deine Liebe schmeichelt meiner Eitelkeit? Dann würde es auch ein Pavian tun oder ein Bär.«

»Du bist Tarzan bei den Affen; du gehörst in den Zoo. Die Sammlung hier ist nicht vollständig ohne dich. Du bist ein Überbleibsel; Atavismus allerschlimmster Sorte. Was weiß denn ich, warum ich mich in dich verliebt habe – und das habe ich, aber ich kann keinen Tarzan heiraten, dafür bin ich nicht romantisch genug. Ich sehe wohl, dass du glaubst, was du sagst. Du denkst tatsächlich, jeder Mensch ist dein Feind. Doch ich versichre dir, wenn ein Mensch an dich denkt, dann allenfalls als das fehlende Glied. Ich wiederhole es nur zu gern, du solltest dich hier im Zoo einsperren und ausstellen lassen, den Gorilla zu deiner Rechten und den Schimpansen zu deiner Linken. Die Wissenschaft hätte ihre Freude an dir.«

»Wie du meinst, das werde ich tun. Du hast mich überzeugt. Ich werde in die Wege leiten, dass man mich hier ausstellt«, sagte Cromartie. »Ich bin dir sehr dankbar, dass du mir reinen Wein über mich eingeschenkt hast.« Dann lüftete er den Hut und sagte »Auf Wiedersehen«, nickte kurz und ging.

»Aufgeblasener Affe«, murmelte Josephine und eilte durch das Drehkreuz hinaus.

Sie waren beide wütend, John Cromartie allerdings derart verzweifelt, dass er um seine Wut gar nicht wusste, sondern glaubte, er sei nur sehr unglücklich und traurig. Josephine hingegen war in Hochstimmung. Sie hätte Cromartie auch ausgepeitscht.

Cromartie konnte an diesem Abend nicht stillsitzen. Erdreistete sich ein Stuhl, ihm im

Weg zu stehen, stieß er ihn um, merkte dabei jedoch rasch, dass er durch das Umschmeißen von Möbelstücken wohl kaum zu innerem Frieden zurückfinden würde. Und in diesem Augenblick fasste Mr Cromartie einen Entschluss – einen, den gewiss kein anderer Mensch in seiner Lage gefasst hätte.

Nämlich, sich irgendwie als Teil der Menagerie im Zoo ausstellen zu lassen.

Gut möglich, dass allein seine eigentümliche Versessenheit, stets sein Wort halten zu wollen, die Erklärung des Ganzen ist. Impulse entspringen jedoch in der Regel einer Laune und sind weniger mit dem Verstand zu erklären. Und dieser Mann war ebenso stolz wie störrisch, weshalb er im Affekt Beschlossenes so weit trieb, bis es kein Zurück mehr gab.

Anfangs redete er sich ein, es nur zu tun, um Josephine zu demütigen. Wenn sie ihn liebte, würde sie leiden; liebte sie ihn nicht, war ihm ohnehin gleich, wo er sich befand.

»Und vielleicht hat sie recht«, sagte er grinsend zu sich. »Vielleicht bin ich wirklich das fehlende Glied und der Zoo ist der beste Ort für mich.«

Er nahm seinen Füllfederhalter und einen Bogen Papier und machte sich daran, einen Brief aufzusetzen, obwohl er wusste, dass er würde leiden müssen, sollte er mit diesem Erfolg haben. Kurz durchdachte er, welche Qual es bedeuten würde, in einem Käfig gehalten zu werden und sich dem Spott der gaffenden Meute auszusetzen.

Bis ihm aufging, wie viel schwerer das erst für manche der Tiere sein musste. Die Tiger beispielsweise waren stolzer und freiheitsliebender als er, fanden keinerlei Zerstreuung oder Ablenkung und das Klima war für sie gänzlich ungeeignet.

Was ihn betraf, gab es keine solchen zusätzlichen Schwierigkeiten. Er sagte sich, dass er eigentlich recht demütiger Natur sei und ja von sich aus auf seine Freiheit verzichte. Sollten ihm keine Bücher erlaubt sein, so blieb ihm immer noch, die Besucher mit dem gleichen Interesse zu beobachten wie sie ihn.

Auf diese Weise sprach er sich Mut zu, und die Vorstellung, wie schlimm es für die Tiger sein musste, ging ihm so nah, dass ihm sein eigenes Schicksal nur noch halb so schlimm erschien.

Nach all diesen Gedanken war er derart unglücklich, dass er sich ohnehin nichts Schlimmeres vorstellen konnte. Er hatte Josephine verloren, und in der Zucht eines Zoos wäre der Verlust leichter zu ertragen. Bestärkt durch diese Erwägungen, schüttelte er den Füllfederhalter und schrieb:

Sehr geehrter Herr,
ich schreibe Ihnen, um Ihrer Gesellschaft einen Vorschlag zu unterbreiten, und hoffe doch, dass Sie Ihren Mitgliedern empfehlen, diesen ernsthaft in Betracht zu ziehen. Darf ich vorausschicken, dass ich die Gärten der Zoologischen Gesellschaft gut kenne und sehr bewundere? Die Außenanlagen sind weitläufig, die Häuser funktional und bequem. Sie beherbergen in Ihrem Zoo die gesamte Fauna des Erdballs, das heißt – fast, denn ein

Säugetier von großer Bedeutung fehlt. Und je länger ich über dieses Fehlen nachdenke, umso auffälliger erscheint es mir. Den Menschen in einer Sammlung der Fauna unserer Erde auszusparen, ist, als würde man Hamlet ohne den Prinzen von Dänemark spielen. Nun mag es auf den ersten Blick unwichtig erscheinen, da die zusammengestellte Sammlung zur Beobachtung und zum Studium durch den Menschen dient. Ich gebe gern zu, dass man den Menschen häufig genug beim Spaziergang durch den Garten erblickt, glaube jedoch, triftige Gründe anführen zu können, weshalb die Gesellschaft ein Exemplar der menschlichen Rasse ausstellen sollte.

Zum einen würde es die Sammlung vervollständigen, zum anderen würde es den Besucher auf eine Parallele hinweisen, die er in der Regel nicht von selbst zieht. Ausgestellt in einem Käfig zwischen Orang-Utan und Schimpansen würde ein gewöhnliches Exemplar der menschlichen Rasse die Aufmerksamkeit aller erregen, die das Große Affenhaus betreten. An diesem Ort wäre er den Besuchern, deren Bildung der Zoologische Garten vornehmlich dient, Anlass zu unzähligen interessanten Vergleichen. Jedes Kind würde auf natürliche Weise mit den Anschauungen eines Darwin vertraut gemacht und sich nicht nur über seinen eigenen festen Platz im Tierreich bewusst, sondern auch dessen, worin es dem Affen ähnelt und wodurch es sich von ihm unterscheidet. Ich schlage darum vor, ein solches Exemplar auszustellen, wenn möglich in seiner natürlichen Umgebung, wie sie sich heute gestaltet, das heißt, in gewöhnlicher Kleidung und bei der Verrichtung gewöhnlicher Arbeiten. Sein Käfig sollte demnach mit einem Tisch, mit Stühlen und einem Bücherregal ausgestattet werden. Ein kleiner Schlafraum und ein Bad an der Rückseite würden ihm erlauben, sich wenn nötig den Blicken der Öffentlichkeit zu entziehen. Die Kosten für die Gesellschaft dürften insgesamt überschaubar bleiben.

Um meinen guten Willen unter Beweis zu stellen, biete ich mich selbst zur Zurschaustellung an, vorausgesetzt, dass sie bestimmte Vorbehalte anerkennen, die nachzuvollziehen Ihnen sicher möglich sein wird.

Die folgenden Angaben zu meiner Personen dürften hilfreich sein:

Rasse: schottisch
Größe: 1,80 m
Gewicht: 72 kg
Haarfarbe: braun
Augenfarbe: blau
Nasenform: gebogen
Alter: 27 Jahre

Sollte die Gesellschaft zusätzliche Informationen wünschen, stehe ich für Auskünfte selbstredend zur Verfügung.

Mit den besten Empfehlungen
Ihr sehr ergebener John Cromartie

Mr Cromartie fühlte sich sehr ruhig, nachdem er den Brief aufgegeben hatte, und war im Hinblick auf die Antwort weit weniger aufgeregt, als es wohl die meisten jungen Männer in seiner Situation gewesen wären.

Es wäre ermüdend, in voller Länge zu beschreiben, wie dieser Brief in Abwesenheit des Sekretärs von einem Stellvertreter in Empfang genommen und am Mittwoch darauf dem Arbeitsausschuss übermittelt wurde. Interessant aber dürfte sein, dass man Mr Cromarties Angebot wohl mit großer Wahrscheinlichkeit abgelehnt hätte, wäre da nicht Mr Wollop gewesen. Er war ein Gentleman fortgeschrittenen Alters, der bei den übrigen Mitgliedern keine übermäßige Beliebtheit genoss. Aus uns unbekannten Gründen löste Mr Cromarties Brief einen Wutanfall bei ihm aus.

Das sei eine vorsätzliche Beleidigung, erklärte er. Die Sache sei geradezu lächerlich und doch zweifellos eine, die juristisch geahndet werden solle und geahndet werden müsse, ganz recht, *solle* und *müsse*. Die Zoologische Gesellschaft gäbe sich der Lächerlichkeit preis, wenn sie dieses Schreiben tatenlos hinnähme. Sein Vortrag dieser und ähnlich gearteter Begründungen gab den übrigen Ausschussmitgliedern Zeit, ihre Einstellung zu dem Ganzen zu überdenken.

Ein oder zwei waren zunächst schon aus Gewohnheit gegenteiliger Ansicht; der Vorsitzende merkte an, dass die Zurschaustellung eines so interessanten Briefeschreibers wie Mr Cromartie sicher eine große Attraktion wäre und die Einnahmen aus den Eintrittsgeldern in die Höhe treiben würde. Beschlossene Sache war es aber erst, als Mr Wollop mit seiner Amtsniederlegung drohte.

Mr Wollop verließ den Ausschuss, und man verfasste einen Brief an Mr Cromartie: der Ausschuss sei geneigt, seinen Vorschlag anzunehmen, und lade ihn hiermit zu einer persönlichen Besprechung ein.

Als am Samstag darauf die Besprechung stattfand, war der Ausschuss inzwischen überzeugt davon, dass er unbedingt ein Exemplar des *Homo sapiens* in die Sammlung aufnehmen müsse, wenn auch noch nicht überzeugt, dass Mr Cromartie der richtige Mann dafür sei. Mr Wollop hatte sich unterdessen auf seinen Landsitz Wollop Bottom zurückgezogen.

Das persönliche Gespräch verlief beiderseits zur vollen Zufriedenheit, und Mr Cromarties Vorbehalte wurden bedenkenlos akzeptiert. Es ging hierbei um seine Verköstigung, um Kleidung, ärztliche Versorgung und ein oder zwei Annehmlichkeiten, die man ihm zugestand. Folglich wurde es ihm gestattet, seine Mahlzeiten selbst zu wählen, seinen eigenen Schneider zu sehen und Besuch von seinem Hausarzt, Zahnarzt und Rechtsberater zu erhalten. Es wurde ihm gestattet, sein Einkommen selbst zu verwalten, das sich auf jährlich dreihundert Pfund belief, und darüber hinaus gab es auch keine Einwände dagegen, dass er eine Auswahl an Büchern und Schreibmaterial in seinem Käfig hatte.

Die Zoologische Gesellschaft verlangte ihrerseits, dass er den Tages- und Wochenzeitungen keine Beiträge lieferte, während der Öffnungszeiten keine Besuche empfing und sich denselben Regeln fügte wie die gewöhnlichen Tiere.

Der Käfig für ihn war in wenigen Tagen hergerichtet. Er befand sich im Affenhaus und man hatte den Raum dahinter zu einem Schlafzimmer umgestaltet, mit Bad und WC hinter einer Holzwand. Mr Cromartie wurde am darauffolgenden Sonntagnachmittag aufgenommen und seinem Pfleger Collins vorgestellt, der auch den Orang-Utan, den Gibbon und den Schimpansen betreute.

Collins schüttelte Cromartie die Hand und versprach, sein Bestes zu tun, damit Cromartie sich wohl fühle, zeigte sich jedoch sichtlich verlegen, und diese Verlegenheit sollte auch mit der Zeit nicht abnehmen. Sein Verhalten Cromartie gegenüber blieb förmlich, geprägt von außerordentlicher Höflichkeit, die von Cromartie, man muss es nicht eigens erwähnen, peinlichst erwidert wurde.

Man hatte den Käfig gründlich gereinigt und desinfiziert und mit einem schlichten Teppich ausgelegt, eingerichtet war er mit einem Tisch, an dem Cromartie seine Mahlzeiten einnahm, einem Sessel, einem Stuhl und einem Bücherregal an der Rückwand. Lediglich das Drahtgitter der Vorder- und Seitenwände, das ihn von dem Orang-Utan zur Rechten und dem Schimpansen zur Linken trennte, unterschieden den Käfig von einem gewöhnlichen Herrenzimmer. Sehr viel prächtiger war hingegen sein Schlafzimmer, das man mit jedem nur erdenklichen Komfort ausgestattet hatte: einem französischen Bett, einem Kleiderschrank, einem Drehspiegel, einem Toilettentisch aus Seidenholz mit vergoldeten Spiegeln, alles so arrangiert, dass er sich wohl fühlte.

John Cromartie verwendete den Sonntagabend darauf, all seine Sachen auszupacken, auch seine Bücher, sollte doch alles fertig eingerichtet sein, wenn nun am Montag die ersten Besucher kamen. Zu diesem Zweck überließ man ihm eine Petroleumlampe, da die elektrische Anlage für den Käfig noch nicht fertig war.

Nachdem er eine kurze Weile so geräumt hatte, schaute er sich um und befand seine Situation nun doch als befremdlich. In dem schwach beleuchteten Käfig zu seiner Rechten bewegte sich der Schimpanse unruhig hin und her; den Orang-Utan zu seiner Linken konnte er nicht sehen, er musste sich in irgendeiner Ecke versteckt haben. Im Haus selbst war es dunkel. Er war eingeschlossen. Immerfort hörte er die Schreie der Tiere, auch wenn er anhand des Schreis nicht ausmachen konnte, welches es jeweils war. Ein paar Mal erkannte er das Heulen eines Wolfs, einmal das Brüllen eines Löwen. Später wurde das Geschrei und Geheul der wilden Tiere lauter und brach nahezu nicht mehr ab.

Nachdem er alle Bücher eingeordnet hatte und zu Bett gegangen war, lag er noch wach und lauschte den fremdartigen Geräuschen. Das Gezeter verstummte, doch er lag da und wartete auf das gelegentliche Lachen der Hyäne oder das tiefe Brüllen des Flusspferds.

Am Morgen wurde er frühzeitig von Collins geweckt, der gekommen war, um zu fragen, was Mr Cromartie zum Frühstück und den Tag über zu essen wünsche, und ihm mitteilte, dass die Arbeiter nun da seien, um vorn an seinem Käfig ein Schild anzubringen. Cromartie fragte, ob er es sehen dürfe, und Collins brachte es zu ihm herein.

Die Inschrift lautete:

Homo sapiens
Mensch ♂
Dieses in Schottland geborene
Exemplar ist eine Schenkung des
John Cromartie, Esq. an die
Zoologische Gesellschaft.
Die Besucher werden gebeten,
den Menschen nicht durch persönliche
Bemerkungen zu reizen.

Nachdem Cromartie sein Frühstück eingenommen hatte, blieb ihm nur wenig zu tun; er machte sein Bett und begann, *Der goldene Zweig* zu lesen.

Das Affenhaus blieb leer, bis gegen zwölf zwei kleine Mädchen hereinkamen; sie schauten zu ihm in den Käfig, und die jüngere der beiden sagte zu ihrer Schwester:

»Was für ein Affe ist das? Und wo ist der Affe denn?«

»Ich weiß nicht«, sagte das ältere Mädchen. Gefolgt von: »Ich glaube, man soll sich den Mann da ansehen.«

»Aber der sieht doch aus wie Onkel Bernhard«, sagte das kleine Mädchen.

Sie starrten ihn beleidigt an und gingen dann rasch zum Orang-Utan, der ein alter Freund von ihnen war. Die Erwachsenen, die am Nachmittag kamen, lasen verdattert das Schild, manch einer sogar laut, und verließen das Affenhaus nach einem raschen Blick auf ihn gleich wieder. Allen merkte man die Verlegenheit an, bis auf einen kleinen kecken Mann, der kurz vor Schluss hereinkam. Er lachte und lachte, bis er sich schließlich auf eine Bank setzen musste, wo er noch drei oder vier Minuten lang lachend nach Luft rang, dann rasch seinen Hut vor Cromartie lüftete und im Hinausgehen rief: »Fantastisch! Brillant! Bravo!«

Tags drauf kamen schon mehr Leute, wenn auch noch keine Massen. Ein oder zwei Herren machten Aufnahmen, doch Mr Cromartie hatte sich bereits einen Trick angeeignet, der ihm in dieser neuen Situation recht nützlich war – er schaute einfach nicht durch die Gitterstäbe, sodass er oftmals nicht wusste, ob Besucher da waren oder nicht. Man hatte alles behaglich für ihn hergerichtet, und darum war er recht froh, hergekommen zu sein.

Trotz allem fragte er sich unaufhörlich, welche Bedeutung die Umgebung eigentlich spielte. Er liebte Josephine, und jetzt hatte er sich auf ewig von ihr getrennt. Würde sein Schmerz darüber je nachlassen? Und wenn ja, wovon er ausging, wie lange würde es dauern?

Am Abend wurde er hinausgelassen und spazierte allein durch den Garten. Er versuchte, sich mit dem einen oder anderen Tier anzufreunden, wurde von ihnen aber gar nicht beachtet. Der Abend war kühl und frisch, und er war froh, aus dem muffigen Affenhaus herauszukommen. Es fühlte sich seltsam an, um diese Zeit allein im Zoo zu sein, und seltsam, in seinen Käfig zurückzumüssen. Am nächsten Tag kam es gleich nach dem Frühstück zu einem gewaltigen Ansturm auf das Affenhaus, das schon bald aus allen Nähten platzte. Die Menge lärmte, manch einer bestürmte ihn mit Zurufen.

Es fiel Cromartie einigermaßen leicht, sie zu ignorieren und nicht durch das Gitter in ihre Richtung zu schauen, ihre Anwesenheit jedoch konnte er nicht ausblenden. Gegen elf Uhr musste sein Pfleger vier Polizisten holen, zwei an jeder Tür drängten die Massen zurück. Die Besucher hatten sich nun in einer Reihe aufzustellen und ohne längeres Verweilen vorzurücken.

So ging es den ganzen Tag, und tatsächlich mussten mehrere Tausend, die darauf warteten, »den Menschen« zu sehen, weggeschickt werden, ohne auch nur einen Blick auf ihn erhascht zu haben. Collins sagte, der Andrang sei weitaus schlimmer als an Feiertagen.

Cromartie ließ sich keinerlei Unwohlsein anmerken; er aß zu Mittag, rauchte seine Zigarre und legte einige Partien Patience, als aber die Teezeit nahte, fühlte er sich erschöpft und hätte sich gern eine Weile hingelegt, glaubte jedoch, dass man ihm den Rückzug in sein Schlafzimmer als Schwäche auslegen würde. Schlimmer, ja, geradezu lächerlich war zudem, dass der Schimpanse und der Orang-Utan neben ihm an den Trenngittern hockten und ihn den ganzen Tag begafften. Natürlich imitierten sie nur die Besucher, doch trugen sie nicht wenig zu Mr Cromarties Unbehagen bei. Endlich war der lange Tag vorüber, die Massen fort und der Zoo geschlossen, da erwartete ihn eine weitere Überraschung – seine beiden Nachbarn gingen nicht weg. Nein, sie hingen an den Gitterstäben, palaverten und zeigten ihm die Zähne. Cromartie war zu müde, um im Käfig zu bleiben, zog sich in sein

Schlafzimmer zurück und legte sich hin. Als er nach einer Stunde zurückkam, saßen Schimpanse und Orang-Utan noch immer am Gitter und begrüßten ihn mit wütendem Knurren. Kein Zweifel, sie drohten ihm.

Cromartie verstand den Grund nicht, bis Collins, der vorbeischaute, es ihm erklärte.

»Sie sind verrückt vor Eifersucht«, sagte er, »weil Sie ein solches Publikum angelockt haben.« Und er ermahnte Mr Cromartie, ihnen nur ja fernzubleiben. Bekämen sie ihn zu fassen, würden sie ihm die Haare ausreißen und ihn töten.

Mr Cromartie konnte es zunächst nicht glauben, als er aber später das Wesen seiner Mitgefangenen besser kennenlernte, schien es ihm nur verständlich. Er sollte erfahren, dass alle Affen, Elefanten und Bären diese Art von Eifersucht verspürten. Und es war nur natürlich, dass diese Tiere, die vom Publikum gefüttert wurden, ärgerlich wurden, wenn man sie überging, waren sie doch allesamt schrecklich gefräßig, und je schlechter ihnen bekam, was man ihnen fütterte, umso versessener waren sie darauf, sich den Magen daran zu verderben. Die Wölfe verspürten eine andere Art von Eifersucht, da sie sich gegenüber einzelnen Personen im Publikum immer wieder anhänglich zeigten, und wenn der Auserkorene sie eines Nachbarn wegen verschmähte, wurden sie eifersüchtig. Nur die Großkatzen, die Löwen und die Panther, schienen frei zu sein von dieser würdelosen Form des Zorns.

Da Mr Cromartie während seines Aufenthalts im Zoo jeden Abend nach Toresschluss hinausgehen durfte und ihm oft erlaubt war, andere Käfige zu betreten, lernte er die Tiere des Gartens immer besser kennen. Nichts schien ihm auffälliger als der Unterschied, den die meisten der Tiere schon bald zwischen ihm und den Tierpflegern machten. Kam ein Tierpfleger vorbei, so schenkten die Tiere ihm Aufmerksamkeit, war es hingegen Mr Cromartie, drehte sich kaum ein Tier je zu ihm um. Die Mehrheit begegnete ihm mit Gleichgültigkeit. Sie verhielten sich ihm gegenüber, wie sie es untereinander taten, das wurde ihm mit der Zeit klar, und ihm dämmerte, dass sie irgendwie verstanden hatten, dass er ausgestellt wurde wie sie selbst. Bald war Mr Cromartie von dem Gedanken vollkommen überzeugt, obwohl er natürlich nicht beweisen und noch viel weniger erklären konnte, wie es möglich war, dass sich ein solches Wissen unter den vielen verschiedenen Tieren hatte verbreiten können. Die Haltung der Tiere zueinander war so ausgeprägt, dass Mr Cromartie sie nicht nur an ihnen beobachtete, sondern schon bald auch an sich selbst wahrnahm. Anfangs beschrieb er sie für sich als »zynische Gleichgültigkeit«, später ergänzte er noch, dass sie in jedem Fall gutartiger Natur sei. Gewöhnlich zeichnete sie sich durch völlige Gleichgültigkeit aus, manchmal jedoch durch eine Mischung aus verächtlichem Gähnen und zynisch anerkennendem Grinsen. Gerade diese feinen Nuancen im Verhalten der Tiere machten sie für Mr Cromartie interessant. Selbstverständlich konnten sie nicht zu ihm sprechen, und in einer derart künstlichen Umgebung war es schwierig, ihre natürlichen Verhaltensweisen zu bestimmen, denn nur jene in Sippen und Kolonien schienen ihm vollkommen natürlich, doch ihr Verhalten untereinander verriet schon sehr viel. Menschen gegenüber verhielten sie sich indes anders, mit Ausnahme von Mr Cromartie, der in ihren Augen keiner war. Er mochte zwar wie einer riechen, doch ihnen war unmittelbar klar, dass er aus einem Käfig kam.

Darin könnte übrigens eine Erklärung für die häufig festgestellte Tatsache liegen, dass es Sträflingen besonders leichtfällt, sich im Gefängnis mit Ratten und Mäusen anzufreunden.

Die restliche Woche über drängten sich Tag für Tag Massen von Besuchern um das neue Affenhaus, und die Schlange am Einlass war länger als die im Drury Lane Theatre am Abend einer Premiere.

Tausende von Menschen zahlten für den Eintritt in den Zoologischen Garten und warteten geduldig stundenlang, um einen Blick auf die Neuanschaffung der Gesellschaft zu werfen, und niemand war im Anschluss wirklich enttäuscht, auch wenn viele genau das vorgaben. Denn schließlich nahm jeder mit, wofür die meisten Leute dankbar sind – neuen Gesprächsstoff, ein Thema, das man mit jedem diskutieren und zu dem jeder eine Meinung äußern konnte: War es nun moralisch vertretbar, einen Menschen auszustellen, oder nicht? Die Diskutierfreudigkeit beschränkte sich keinesfalls nur auf jene, die tatsächlich einen Blick auf ihn geworfen hatten. Im Gegenteil, die Diskussion tobte in jedem Zug, in jedem Salon und in den Kolumnen jeder Tageszeitung Englands. Man scherzte öffentlich bei Diners und in Konzertsälen darüber, und der *Punch* hörte nicht auf, sich mitunter in äußerst witzigen Bemerkungen über Mr Cromartie zu ergehen. Es wurden Predigten über ihn gehalten, und im Unterhaus sagte ein Mitglied der Labour Partei, wenn die Arbeiterklasse je an die Macht käme, so würden sie

»die Reichen zu dem Mann im Zoo stecken, wo sie ordnungsgemäß hingehörten«.

Das Merkwürdigste daran aber war, dass jeder entweder klar die Meinung vertrat, ein Mensch dürfe ruhig ausgestellt werden, oder aber die gegenteilige Ansicht, ein Mensch dürfe mitnichten ausgestellt werden. Schon nach einer Woche gab es kein Dutzend Leute mehr in England, die nicht eine moralische Grundfrage dahinter gewittert hätten.

Mr Cromartie zeigte sich von all den Diskussionen um seine Person gänzlich unbeeindruckt; was die Menschen über ihn sagten, hätte ihn nicht weniger interessieren können, wäre er der Affe im Käfig nebenan gewesen. Genau genommen interessierte es ihn sogar noch weniger, denn hätte der Affe verstanden, dass hunderte von Menschen über ihn sprachen, hätte er sich gewiss ebenso aufgeblasen vor Stolz, wie er jetzt vor lauter Neid über all die Besucher verkümmert zusammengesackt war.

Mr Cromartie redete sich ein, die Welt

der Menschen sei ihm fortan gleich. Beim Blick durch die Gitterstäbe seines Käfigs in die aufgeregten Gesichter kostete es ihn rechte Mühe, dem zuzuhören, was man über ihn sagte, und nach einer Weile driftete er in Gedanken unwillkürlich ab, denn die Menschen waren ihm gleichgültig, und gleichgültig war ihm auch ihr Gerede.

Während er dies mit einiger Selbstgefälligkeit feststellte, kam ihm plötzlich etwas in den Sinn, das ihn derart aus der Bahn warf, dass er sich einen Augenblick völlig geistesabwesend umblickte und dann wie von Sinnen in sein Versteck rannte, an seinen Rückzugsort, in sein Schlafzimmer, in dem er bisher noch nie wirklich Schutz gesucht hatte, zumindest nicht auf diese Weise.

»Was, wenn ich Josephine im Publikum erblicke?«, fragte er sich laut, und die Vorstellung fühlte sich so leibhaftig an, dass ihm war, als würde sie in diesem Augenblick das Affenhaus betreten und gleich vor seinem Gitter stehen.

»Was soll ich dann tun?«, fragte er sich. »Ich kann überhaupt nichts tun. Was soll ich sagen? Ich kann gar nichts sagen. Nein, ich darf nicht mit ihr sprechen, ich werde sie nicht ansehen. Sobald ich sie sehe, setze ich mich in meinen Sessel und schaue zu Boden, bis sie fort ist, das heißt, falls ich stark genug bin. Was wird nur aus mir, wenn sie wirklich kommt? Und vielleicht kommt sie ja jeden Tag und sieht mich die ganze Zeit über durch die Gitterstäbe an, ruft mir etwas zu und beleidigt mich, wie andere es bereits tun. Wie könnte ich das ertragen?«

Dann fragte er sich, warum sie denn überhaupt kommen sollte, und redete sich ein, dass sie keinerlei Grund habe, ihn zu besuchen, und seine Angst völlig irrational sei – doch es half nichts.

»Nein«, sagte er schließlich kopfschüttelnd, »ich sehe es wohl, sie wird kommen. Sie kann gehen, wohin sie will, und eines Tages werde ich aufschauen und bemerken, dass sie zu mir in den Käfig starrt. Früher oder später ist es so weit.« Dann fragte er sich, aus welchem Grund sie ihn denn bloß anschauen sollte. Warum würde sie kommen? Um ihn zu verspotten und ihn zu quälen, oder weil sie jetzt, wo es zu spät war, bereute, dass sie ihn hierhergetrieben hatte?

»Nein«, sagte er sich. »Josephine wird es nicht bereuen, und täte sie es, so gäbe sie es nie zu. Sollte sie kommen, dann will sie mich noch mehr verletzen als ohnehin schon; sie wird kommen, um mich zu quälen, es amüsiert sie, dass ich ihr ausgeliefert bin. Oh Gott, sie kennt keine Gnade.«

Hierbei fing Mr Cromartie, der eine halbe Stunde zuvor noch stolz behauptet hatte, die Menschen seien ihm fortan gleich und ihm sei gleich, was sie sagten, schluchzend zu weinen an wie ein Baby, währenddessen er sich in seinem kleinen Schlafzimmer versteckt hielt. Eine Viertelstunde saß er dort auf der Bettkante, den Kopf in den Händen vergraben, und die Tränen liefen ihm durch die Finger. Eine neue Sorge bedrängte ihn –

zunächst war es die, dass er nicht länger sicher sei, weil Josephine eine Waffe mitbringen und ihn durch die Gitterstäbe erschießen würde, und dann versteifte er sich darauf, dass er ihr völlig gleich war und sie nicht extra käme, um ihm weh zu tun, oder nur, weil sie gern im Rampenlicht stand und ihr dann die Aufmerksamkeit von Freunden und Zeitungen sicher war. Schließlich nahm er sich zusammen, wusch sich das Gesicht, kühlte sich die Augen und ging zurück in den Käfig, wo die Menge schon darauf brannte, ihn zu sehen, nachdem er sie so lange hatte warten lassen.

Nun konnte man wieder beobachten, dass »die Menschen Mr Cromartie gleich waren, ebenso wie ihr Gerede«. Von dem Augenblick an, da er für alle Besucher gut sichtbar den Käfig betrat, wurde er, soeben noch eine jämmerliche Kreatur, die das Gesicht merkwürdig verzogen hatte, um die Tränen zurückzuhalten, plötzlich sehr ruhig und beherrscht und zeigte keinerlei Regung. Aber war dieses vermeintlich ruhige Auftreten denn wirklich ein Zeichen, dass ihm die Menschen gleich waren? Hätte er sich, wären ihm die Menschen gleich gewesen, derart bemüht, den Kloß in seinem Hals herunterzuschlucken, die aufsteigenden Tränen zurückzuhalten und mit heiterem Lächeln hereingeschlendert zu kommen und schließlich die Stirn in Falten zu legen, als ob er grübelte? All das sollte seine Gleichgültigkeit gegenüber den Menschen beweisen?

Seltsam war allenfalls, dass Mr Cromartie erst nach drei Wochen auf den Gedanken gekommen war, dass Josephine ihm sicher einen Besuch abstatten würde. Drei Wochen lang hatte er in jeder einzelnen Minute an sie gedacht, beinahe jede Nacht von ihr geträumt, und doch war ihm nie in den Sinn gekommen, er könnte sie einmal wiedersehen.

Abermillionen Male hatte er sich gesagt, »nun sind wir auf ewig getrennt«, hatte sich jedoch nie gefragt, »warum sage ich das?« Er war eines Abends sogar noch einmal den Weg abgelaufen, den sie an dem Tag ihres endgültigen Bruchs von einem Käfig zum anderen genommen hatten. Doch jetzt waren ihm all diese sentimentalen Gedanken unendlich fern, und obwohl er sich zurücklehnte, gähnte und achtlos in einem Buch von Mudie blätterte, fragte er sich unaufhörlich:

»Wann wird sie kommen? Jetzt? Heute? Morgen? Nächste Woche vielleicht, oder nächsten Monat?«

Und in ihm krampfte sich alles zusammen, als er begriff, dass er schlicht nicht wissen konnte, wann sie käme, und sich somit auch nicht darauf vorbereiten.

Aber in all der Aufregung glich Mr Cromartie einem Mann vom Lande, der zu spät zum großen Jahrmarkt in die Stadt kommt, denn am selben Tag, zwei Stunden bevor ihn der Gedanke überfallen hatte, dass sie das eventuell tun könnte, hatte Josephine ihm bereits einen Besuch abgestattet.

Als sie im Affenhaus stand, wusste Josephine selbst nicht mehr, weshalb sie eigentlich gekommen war. Sie hatte sich, seit sie von der »abscheulichen Sache« mit John erfahren hatte, geschworen, ihn nie wiederzusehen und nie wieder an ihn zu denken. Und doch verbrachte sie jeden Tag in Gedanken an ihn, und jeden Tag trieb ihre Wut sie zu einem Spaziergang in den Regent's Park. Unaufhörlich dachte sie darüber nach, wie sie ihn am besten bestrafen könnte.

Anfangs war es unerträglich für sie gewesen. Sie hatte die Neuigkeit beim Frühstück von ihrem Vater gehört, der in der *Times* las, und hatte nur bruchstückhaft mehr erfahren, wenn er hier und da etwas vorlas, während sie stumm vor der Kaffeemaschine und dem Eierkocher saß, denn ja, ihr Vater bestand auf perfekt gekochte Eier. Nach Beendigung des Frühstücks schnappte sie sich die *Times* und las den Bericht über die »aufsehenerregende Anschaffung der Zoologischen Gesellschaft«. Anschließend war sie überzeugt, dass sie die Beleidigungen, die John ihr antat, niemals vergeben und vergessen könnte, und hatte das

Gefühl, während des Frühstücks um Jahre gealtert zu sein.

Josephines Wut ließ nicht nach, sondern wurde nur größer und durchlief jeden Tag mehr als ein Dutzend verschiedener Phasen. So lachte sie in dem einen Augenblick mitleidig über den armen Dummkopf John, staunte im nächsten, dass eine solche Kreatur überhaupt den Verstand besaß zu wissen, wohin sie gehörte, richtete sodann ihren ganzen Zorn auf die Zoologische Gesellschaft, die auf ihrem Gelände einen derartigen Angriff auf einfachste Regeln des Anstands zuließ, und dachte schließlich voll Bitterkeit über eine törichte Menschheit nach, die sich bereitwillig von einem so traurigen Spektakel wie dem entwürdigten John unterhalten ließ und sich damit auf eine Stufe mit ihm stellte. Wieder ließ sie sich über die Eitelkeit aus, die ihn zu einer solchen Handlung getrieben hatte; alles war ihm recht, solange man nur über ihn redete. Ihm war sicher bewusst, dass man auch über sie reden würde. Im Grunde hatte John es nur getan, um sie zu demütigen. Wenn er jedoch glaubte, sie damit zu beeindrucken, irrte er sich. Sie würde ihm einen Besuch abstatten und ihm beweisen, wie wenig er ihr bedeutete; oder nein, sie würde, und das war noch viel besser, dem Affen im Nachbarkäfig einen Besuch abstatten. So konnte sie ihm am besten ihre Gleichgültigkeit und ihre Überlegenheit über den ordinären Mob demonstrieren. Nichts würde sie dazu bringen, eine solch niedere Kreatur wie John auch nur anzusehen. Es war ihr unmöglich, seine Handlung gleichgültig zu betrachten. Es war eine vorsätzliche Demütigung, doch glücklicherweise würde nur er allein dafür büßen, sie selbst hatte sich ohnehin nie auch nur im Geringsten etwas aus ihm gemacht, und dieser neuerliche Streich seinerseits würde nichts an ihrer vollkommenen Gleichgültigkeit ändern. Er bedeutete ihr nicht mehr als die anderen ausgestellten Kreaturen.

Folglich drehte sich Miss Lackett im Kreis, schwor in einem Augenblick Rache und im nächsten, dass ihr völlig gleich sei, was er tat, sie sich nie etwas aus ihm gemacht hatte und es auch nie tun werde. Doch wie sie es auch anfing, sie konnte an nichts anderes denken. Nachts lag sie wach und redete sich bald dies, bald das ein und hatte ihre Meinung schon zehnmal geändert, ehe sie den Kopf auch nur einmal auf dem Kissen gewendet hatte. In diesem quälenden Zustand verbrachte sie einige Tage und Nächte.

Doch alldem lag etwas zugrunde, das Miss Lackett mehr kränkte als die Tatsache seines Ausgestelltseins an sich, und das war das Bewusstsein ihrer eigenen Wertlosigkeit und Gewöhnlichkeit. Alles, was sie empfand, alles, was sie sagte, war vulgär. Es war vulgär, dass sie sich noch immer so mit Mr Cromartie beschäftigte, und jedes Gefühl, das sie nun mit ihm verband, war entwürdigend. Das lastete nach den ersten Tagen so schwer auf ihr, dass sie fast schon bereit war, ihm zu vergeben, und nur sich selbst nicht vergeben konnte; wusste sie doch, dass sie ihm gegenüber nie gleichgültig gewesen war. Sie hatte sich selbst viel größere Verletzungen zugefügt, als hundert Cromarties es je hätten tun können. Sie war zutiefst enttäuscht von sich und grübelte nur, wie diese Seite ihres Charakters ihr bloß so lange hatte verborgen bleiben können.

Diese Verkehrung der Wut und Empörung gegen sich selbst erlaubte es ihr endlich, ihn zu besuchen, oder vielmehr den Schimpansen im Käfig nebenan, denn sie sagte sich immer wieder, dass sie ihn keines Blickes würdigen würde, es nicht ertragen könnte, ihn anzusehen und so weiter, doch hin und wieder geriet dieser Beschluss durch den Gedanken ins Wanken, dass ein einziger Blick eisiger Verachtung bereits eine angemessene Strafe für ihn wäre.

Doch für Miss Lackett kam alles anders als erwartet. Vor dem Affenhaus hatte sich eine riesige Menschenmenge versammelt, und kaum dass sie hinzugetreten war, fand sie sich in einer langen Schlange von Leuten wieder, die darauf warteten, »den Menschen« zu sehen. Aus allen Richtungen hörte sie Witze über ihn, und die der Frauen (die unter den Schaulustigen in der Mehrzahl waren) kamen ihr reichlich unanständig vor. Es ging nur schleppend voran, und sie war schon bald recht erschöpft.

Als sie sich schließlich im Affenhaus wiederfand, brachte sie es nicht fertig, wie beabsichtigt nur die Affen anzusehen, allein beim Gedanken an den Anblick der Affen musste sie vor Angst die Augen schließen, da ihr andernfalls einfach nur übel geworden wäre. Kurz darauf stand sie plötzlich vor Cromarties Käfig und schaute ihn hilflos an. Er ging gerade auf und ab (übrigens eine Beschäftigung, mit der er einen sehr viel größeren Teil seiner Zeit zubrachte, als er selbst vermutet hätte). Allerdings konnte sie nicht zu ihm sprechen, sondern fürchtete sich, von ihm gesehen zu werden.

Er ging am Gitter auf und ab, die Hände auf dem Rücken und den Kopf leicht gesenkt, immer bis zur Ecke, wo er kurz aufsah und dann kehrtmachte. Seine Miene war ausdruckslos.

Bevor sie hinausgelangte, sollte Miss Lackett noch einen weiteren Schock erleiden, denn als sie sich von Mr Cromarties Käfig entfernte, wanderten ihre Augen weiter und sahen plötzlich dem Orang-Utan ins Gesicht. Das Tier saß niedergeschlagen auf dem Boden, das zottelige Haar verfilzt und voller Stroh. Die eng zusammenstehenden braunen Augen starrten vor sich hin und das Einzige, was sich bewegte, waren die schwarzen Nüstern – herzförmige Öffnungen in einer Maske aus schwarzem, staubigem Gummi. Und dieser Kreatur sollte ihr Liebster ähneln! Mit diesem deprimierten Kaliban verglich ihn nun jeder! Ein so scheußliches Monster wie diesen Affen betrachtete man als angemessene Gesellschaft für den Mann, den sie geglaubt hatte zu lieben! Den Mann, den sie ernsthaft hatte heiraten wollen!

Miss Lackett schlich still aus dem Haus, krank vor Ekel und niedergedrückt vor Scham.

Sie schämte sich der ganzen Angelegenheit, ihrer eigenen Gefühle und der Schwäche, dass es ihr keineswegs egal war, was mit John geschah. Sie schämte sich der Zuschauer, ihrer selbst und dieser schändlichen Welt, in der Menschen wie sie kaum besser als Tiere lebten. In ihr Gefühl von Scham mischte sich Angst, die mit jedem Schritt noch zunahm. Sie fürchtete, erkannt zu werden, und schaute jeden, der ihr begegnete, voll ängstlichem Misstrauen an, fühlte sich auch nach Verlassen des Gartens nicht sicher, weshalb sie ein Taxi heranrief und nahezu atemlos einstieg, bloß um sofort einen Blick durch die Heckscheibe zurück zu werfen. Niemand folgte ihr.

»Gott sei Dank, alles ist gut. Ich bin außer Gefahr«, sagte sie sich, auch wenn sie die Gefahr, von der sie sprach, gar nicht hätte benennen können.

Am nächsten Tag hatte Miss Lackett die schmerzlichen Eindrücke ihres Besuchs etwas abgeschüttelt und verspürte hauptsächlich eine merkliche Erleichterung darüber, dass es nicht schlimmer gekommen war.

»Nie wieder«, sagte sie sich, »begehe ich eine solche Dummheit.«

»Nie wieder darf ich mich so in Gefahr begeben«, wiederholte sie. »Nie wieder will ich an den armen Mann denken, und ich werde es auch nicht mehr müssen. Einmal musste ich hingehen, das war ich ihm schuldig, wenn auch aus der Ferne und ohne dass er mich gesehen hätte. Es wäre feige gewesen, es nicht zu tun, und hätte meinem Charakter nicht entsprochen. Aber noch einmal hinzugehen, das wäre nun wahrlich feige. Ein Zeichen von Schwäche. Schließlich habe ich meine Neugier befriedigt, es wäre fatal gewesen, sie zu unterdrücken. Nun weiß ich das Schlimmste und die Sache ist endgültig erledigt. Ginge ich erneut, würde ich mich damit nur selbst verletzen und wäre ungerecht ihm gegenüber, schließlich könnte er mich erkennen, und käme ihm zu Ohren, ich sei schon zum zweiten Mal da, würde er sich nur falschen Hoffnungen hingeben. Er könnte glauben, ich wollte mit ihm sprechen. Aber nichts, rein gar nichts wäre weiter von der Wahrheit entfernt. Ich glaube, er ist verrückt. Ich bin mir sicher, dass er verrückt ist. Mit ihm zu reden wäre wie eins dieser Gespräche im Irrenhaus, die die Leute einmal pro Jahr mit ihren geistesgestörten Verwandten führen, weil sie sich dazu verpflichtet fühlen. Doch in meinem Fall decken sich glücklicherweise Neigung und Pflicht – ich darf ihn nicht sehen und ich will es auch nicht. Mehr gibt es dazu nicht zu sagen.«

Miss Lackett war nicht oft so widerspruchsfrei in ihren Gedanken, zudem, darf man hinzufügen, redete sie nicht oft so gestelzt daher. Die ganze Woche über sagte sie sich immer wieder derartige Sätze, was aber nicht wie gewünscht dazu führte, Mr Cromartie zu vergessen oder ihn länger als ein oder zwei Stunden aus ihren Gedanken zu verbannen.

Nun gab General Lackett am vierten Tag

nach ihrem Besuch eine Dinner-Party, bei der seine Tochter als Gastgeberin auftrat. Etliche Gäste waren jung, ein oder zwei nicht sehr vermögend. Unter diesen Umständen war es nur natürlich, dass seine Tochter einige ihrer jungen Freunde nach Hause fuhr, denn der General hatte seinem Chauffeur an dem Abend leichtfertig freigegeben. Eine Freundin von Josephine wohnte in Frognal, zwei andere in der Circus Road, St. John's Wood. Auf dem Hinweg fuhr Miss Lackett die übliche Strecke vom Eaton Square, das heißt von der Park Lane über die Baker Street und dann über die Lord's und die Finchley Road bis nach Frognal, danach brachte sie die zwei anderen Freunde zurück in die Circus Road.

Und als sie nach etlichen Verabschiedungen davonfuhr, ergriff sie eine gewisse Unruhe. Sie fuhr langsam zur Station Baker Street, wobei sie an Mr Cromartie dachte. Schon schwenkte sie, fast wie mechanisch, nach links auf den Outer Circle. Während sie so fuhr, war ihr Kopf völlig leer; sie fuhr lediglich in diese

Richtung, um gegen eine gewisse Stimmung anzukämpfen. Sie wusste nur eins – Cromartie war dort im Zoo. Sie war müde, und das Umherfahren lenkte sie ab. Kurz darauf kam sie am Zoo vorbei. Über dem Tunnel, noch vor dem Haupteingang, hielt sie an. An dieser Stelle war sie dem neuen Affenhaus, das ihrem Wissen nach im Schatten der Mappin Terraces lag, so nah wie nur möglich. Sie stieg aus dem Wagen und lief zum Zaun. Er war zu hoch, als dass sie hätte hinüberschauen können, und als sie sich daran emporzog, sah sie nichts als die dunklen Schatten der Nadelbäume und durch eine Lücke ein Bruchstück der Mappin Terraces, die als dunkler Umriss gegen das Mondlicht standen. Es kam ihr alles eigenartig bekannt vor. Die Handgelenke schmerzten und sie sprang hinunter.

»John, oh John, warum bist du da drinnen?«, sagte sie laut. Ein Polizist näherte sich; als sie ihn bemerkte, stieg sie wieder in den Wagen und fuhr davon.

Als sie am Haupteingang vorbeikam,

drehte sie sich noch einmal um und sah wieder die Mappin Terraces.

»Der Turm zu Babel, natürlich«, sagte sie laut, »in Chambers Lexikon. Und wie die Arche Noah, eine Art Menagerie, und – verdammt noch mal! Verflucht noch mal!« Tränen stiegen ihr in die Augen, und die Straßenlichter wurden zu kleinen kreisrunden Regenbogen. Sie aber sagte sich nur, dass es sich so doch merkwürdig fuhr.

In dieser Nacht konnte sie nicht schlafen, fand nicht wie sonst im Schlaf Schutz vor dem Unglücklichsein. Genauer war es ihr unmöglich, irgendeine Art von Macht über ihren Kummer zu erlangen, sondern sie sah ihn so, wie er war, in seiner unverhohlenen Grausamkeit, und war nicht in der Lage, ihn in die herkömmlichen Kategorien einzuordnen. Miss Lackett hätte sich sagen können: »Ich habe John geliebt, nun muss ich erkennen, dass er verrückt ist. Das ist eine schreckliche Tragödie, es ist sehr schmerzhaft, zu erkennen, das der andere verrückt ist, ich bin in der Liebe enttäuscht worden. Solche Enttäuschungen sind das Schlimmste, was einer jungen Frau widerfahren kann«, und so weiter – hätte sie das vermocht, so wäre es Miss Lackett sicher möglich gewesen, ihr Leid auf ein Minimum zu beschränken. Denn durch das Heranziehen solch allgemeiner Konzepte wie »Verrücktheit« und »enttäuschter Liebe« hätte sie schon bald nur noch das empfunden, was allgemeinhin an Gefühlen mit diesen Konzepten verbunden ist. Doch so dachte sie unaufhörlich an John Cromartie, sein Gesicht, seine Stimme, seine Art und seine Bewegungen, aber auch an den Käfig, in dem sie ihn zuletzt gesehen hatte, an den Geruch der Affen, den Menschenschwarm, der ihn anstarrte und auslachte, an ihre Einsamkeit und das Leid, das John ihr absichtlich zugefügt hatte. Sie dachte nur an ihren Schmerz und versuchte nicht, ihn zu benennen. Doch einen Kummer beim Namen zu nennen, ist der erste Schritt, ihn zu vergessen. Gegen drei Uhr morgens stand sie auf und ging hinunter ins Esszimmer, wo sie eine Glaskaraffe mit Portwein hervorholte, und eine weitere mit Whisky, zudem ein paar Bath-Oliver-Cracker. Sie schenkte sich zuerst ein Glas Portwein ein, fand ihn jedoch unerträglich süß, stellte ihn also wieder beiseite und nahm sich vom Whisky. Nachdem sie ein halbes Glas geleert hatte, pur, wie er aus der Karaffe kam, fühlte sie sich ruhiger. Sie trank ein weiteres Glas und ging dann hinauf in ihr Zimmer, warf sich aufs Bett und schlief schwer trunken ein.

Mr Cromartie hatte sich in diesen Tagen ganz und gar nicht von seinen Ängsten vor einem Wiedersehen mit Josephine befreien können. Am meisten quälte ihn der Gedanke, dass er ihr ausgeliefert war, ihr also freistand, ihn zu besuchen, wann immer sie wollte, oder fortzubleiben, solange es ihr beliebte. Seine materiellen Lebensbedingungen blieben völlig unverändert, obwohl nicht mehr ständig Massen darauf warteten, ihn zu sehen; und schon bald hielt man zwei statt der vier Polizisten für ausreichend, um die Besucher in

Zaum zu halten. Nach einer weiteren Woche reduzierte man weiter auf einen, und auch wenn die Besucherzahl abflaute, blieb dieser Polizist dauerhaft, mehr zum Schutz Mr Cromarties als alles andere, da sich manche Leute ihm gegenüber sehr unflätig verhalten hatten. Zweimal hatte sich Mr Cromartie tatsächlich beschweren müssen, und das nicht nur über beleidigende Worte. Auch wenn die äußeren Umstände sich kaum veränderten, hieß das nicht, dass auch Mr Cromarties Gemütszustand derselbe blieb. Diesbezüglich waren zwei Kräfte am Werk. Zum einen dachte er nunmehr unaufhörlich an Josephine und rechnete jederzeit mit ihrem Besuch, und da seine Gedanken, bedingt durch die Einsamkeit, auf engere Bahnen gelenkt wurden, war er nach einer Weile besessen von der Vorstellung, wie sie kommen und was sie sagen und wie sie aussehen würde und so weiter. Er spielte ganze Szenen mit Josephine durch; diese Angewohnheit beeinträchtigte seine tägliche Lektüre und erregte zuweilen Sorge über seinen geistigen Zustand bei ihm. Zum anderen, und das lag vielleicht daran, dass er so viel an Josephine dachte, zog er sich in sich zurück, wurde scheu, war der Zuschauer überdrüssig und spürte eine aufkeimende Abneigung gegenüber den anderen Tieren im Zoo.

Dieses Gefühl wurde durch seine unmittelbaren Nachbarn, durch das Orang-Utan-Weibchen und den Schimpansen, selbstverständlich noch verstärkt. Im Fall der beiden war es in der Tat eine wahrlich gemäßigte Reaktion auf den täglich anwachsenden Groll, den sie gegen ihn hegten. Natürlich trug Mr Cromartie selbst die Schuld daran, dass sich ihre natürliche und gewiss auch verständliche Abneigung verschärfte. Denn er zog nicht nur die größere Besucherschar an, sondern ignorierte sie auch noch beharrlich und vernachlässigte die einfachsten höflichen Umgangsformen, womit er sich auch bei Menschen außerordentlich unbeliebt gemacht hätte. Der Grund dafür war allein ein Mangel an Phantasie, weniger ein Mangel an guten Manieren, denn für gewöhnlich erwies sich Mr Cromartie als absolut wohlerzogen. Als Entschuldigung ließe sich anführen, dass er glaubte, es sei richtig, seine Nachbarn zu ignorieren, und dass auch sein Pfleger Collins ihn in diesem Irrglauben nie korrigierte. Genau genommen hatte Mr Collins Cromarties Anwesenheit nie wirklich geschätzt und gehörte selbst zu jenen, die Anstoß an ihm nahmen. Collins war weitaus eifersüchtiger auf die Gefühle seiner beiden früheren Lieblinge bedacht, als ihm eigentlich bewusst war. Zudem hatte er den Gibbon hergeben müssen, der bei Mr Cromarties Ankunft einem anderen Pfleger übertragen worden war, und es ließ sich nicht leugnen, dass Collins Mr Cromartie nur zu gern wieder gegen den Gibbon eingetauscht hätte. Zum einen hatte ihm der Affe weniger Arbeit bereitet, zum anderen war er ihm Zeit seines Lebens nie sozial überlegen gewesen. Auch hegte Collins, und das sollte man fairerweise hinzufügen, eine große Zuneigung für das Tier. Eines Abends, als Mr Cromartie nach einem sehr unspektakulär verlaufenen Tag in seinem Käfig saß und Pfeife rauchte, sah er plötzlich Miss Lackett, die das leere Haus betrat.

Es war der Tag nach ihrer schlaflosen Nacht. Sie hatte am Morgen beschlossen herauszufinden, ob Mr Cromartie verrückt war oder nicht, wollte sich abschließend und neutral eine Meinung darüber bilden, da sie überzeugt war, ihren eigenen Verstand zu verlieren, sollte sie nicht irgendwie herausfinden, wie es um seinen bestellt war.

Als sie dann aber in den Zoo kam, erwies es sich als unmöglich, Mr Cromartie alleine zu sehen. Den gesamten Vormittag über drängte sich, wenn auch deutlich kleiner als zuvor, eine Menschenmenge um das Affenhaus. Zwischen eins und zwei befand sich stets eine oder zwei Personen vor seinem Käfig, deren Anwesenheit es für sie unmöglich machte, mit ihm zu sprechen. Ihr blieb also nur, bis zum Abend zu warten und kurz vor Schluss hineinzuhuschen. Die Verzögerung brachte all ihre Pläne für den Tag durcheinander. Sie war in Sorge, hatte sie doch ihrer alten Schulfreundin Lady Rebecca Joel versprochen, mit auf einen Tee zu Admiral Goshawks zu kommen und später mit ihnen auszugehen. In letzter Minute schickte sie eine Nachricht und ließ sich wegen Kopfschmerzen und Unwohlsein entschuldigen, wusste jedoch noch nicht, wie sie sich bis zum Ende der Öffnungszeit die Zeit vertreiben sollte. Derart lange Zeit im Garten zu warten, war unerträglich. Als wäre ihr Ungemach nicht schon groß genug, zog sich nun auch noch der Himmel zu und ein starker Sturm kam auf, mit Graupeln, Schnee und Hagel. Sie rannte aus dem Zoo, wurde aber dabei schon nass, und es dauerte eine Weile, ehe sie ein Taxi fand. Nach dem Einsteigen war es nötig, dem Fahrer ein Ziel zu nennen.

»Baker Street«, sagte sie. Denn die Baker Street lag zentral, von dort konnte sie leicht überallhin gelangen. Das ist bekanntlich auch der Grund, weshalb der große Detektiv Holmes sich einst für eine Bleibe in der Baker

Street entschieden hatte, und heute liegt sie noch viel zentraler. Von hier ist ganz Metroland nur einen Steinwurf entfernt.

Doch der Weg vom Zoo zur Baker Street war schnell zurückgelegt, und als sie ankam, war Miss Lackett ebenso wenig klar, wohin sie gehen und was sie tun sollte, wie beim Verlassen des Zoologischen Gartens. Allerdings hatte der Regen vorläufig aufgehört, und so lief sie rasch die Marylebone Road entlang. Denn sie gehörte zu jener Gesellschaftsklasse, die sich nicht auf der Straße herumdrückt. So marschierte sie ohne Ziel drauflos und fragte sich, was sie mit sich anfangen sollte, als plötzlich der Sturm erneut mit heftigen Regenschauern einsetzte. Josephine sah sich um und suchte Zuflucht hinter den Pforten eines gewaltigen Gebäudes aus rotem Ziegelstein – Madame Tussauds.

Sie hatte die berühmte Wachsfigurenausstellung als Kind nie besucht und war sogleich interessiert an dem, was sie sah. Eine innere Stimme bat sie, das Beste aus dieser zufällig entstandenen Möglichkeit zu machen, ihr Unglück für den Moment beiseitezuschieben und sich zu zerstreuen.

Sie verfiel in einen ruhigen Gemütszustand und gab sich mehrere Stunden dem Vergnügen hin, die nachempfundenen Figuren der berühmtesten historischen Gestalten und Personen der Neuzeit zu bestaunen. Darunter waren vor allem die großen Viktorianer des letzten Jahrhunderts vertreten. Es gab nur wenige andere Besucher, doch die großen Säle sind auch so immer voll, und wohin sie auch blickte, begegnete sie bekannten Gesichtern.

Josephine war bei Hofe vorgestellt worden, jedoch wenig beeindruckt von diesem Ereignis gewesen. Madame Tussauds hingegen kam ihr vor wie ein nicht enden wollendes Lever.

In einer Ecke des Raumes waren tatsächlich die europäischen Königsfamilien in ihren Krönungsgewändern ausgestellt. Über allem lag eine gewisse Förmlichkeit, Steifheit und Zurückhaltung, die sie als natürlich empfand, wie bei Gästen, die darauf warten, dass ihr Gastgeber den Raum betritt. Und vielleicht wurde im nächsten Augenblick ein Vorhang beiseitegeschoben, und der Herr der Heerscharen betrat den Saal.

Josephine wartete nicht länger, sondern rannte hinunter ins Gruselkabinett.

Schneller als gedacht war es Zeit, in den Zoo zurückzukehren, wenn sie Cromartie noch vor Toresschluss sehen wollte. Raschen Schrittes betrat sie das Affenhaus, wo Cromartie im vorderen Teil des Käfigs saß, als habe er sie bereits erwartet. Als sie auf den Käfig zukam, legte er die Pfeife aus dem Mund und erhob sich, wobei er sie nun zu überschatten schien, lag doch der Boden seines Käfigs höher als der des Gangs, in dem sie stand.

»Bitte setz dich«, sagte sie und schwieg darauf, weil ihr von all dem, was sie ihm hatte sagen wollen, nichts über die Lippen kam.

Er kam ihrem Wunsch nach.

Dann schauten sie sich für einen kurzen Augenblick stumm in die Augen. Schließlich erinnerte sich Josephine an ihren Entschluss, nahm sich zusammen und flüsterte ihm zu:

»Ich glaube, du bist verrückt.«

Cromartie nickte; er saß zusammengesunken auf seinem Stuhl und brachte offenbar kein Wort heraus.

Josephine wartete und sagte: »Ich habe mir große Sorgen um dich gemacht, da ich anfangs glaubte, ich hätte dich durch meine Worte dazu gebracht, dich so idiotisch zu verhalten; jetzt aber ist mir klar, dass selbst wenn meine Worte dich irgendwie erreicht haben sollten, du wahrlich verrückt bist und ich aufhören kann, an dich zu denken.«

Cromartie nickte wieder. Etwas überrascht merkte sie, dass er schluchzte und sein Gesicht nass war von Tränen, die ihm über die Wangen liefen und auf den Käfigboden fielen. Der Anblick und sein beharrliches Schweigen ließen ihr Herz hart werden gegen ihn. Sie wurde plötzlich wütend.

Es läutete zur Schließzeit, und sie hörte jemanden, wahrscheinlich den Polizisten, die

Hand schon auf der Türklinke, draußen zu einem anderen Mann sprechen. Josephine wandte sich um und ging, kam dann aber noch einmal kurz zum Käfig zurück. Cromartie wich vor ihr zurück, schnäuzte sich die Nase.

»Du musst verrückt sein«, rief sie ihm hinterher; dann wurde die Tür geöffnet und der Polizist kam herein.

»Beeilen Sie sich, Miss, oder Sie müssen die Nacht über hierbleiben, und das ist, wie Sie wissen, ganz und gar ausgeschlossen«, hörte sie ihn sagen, als sie davoneilte.

So schmerzhaft Josephines Besuch auch gewesen war, er peinigte Cromartie nicht allzu lange. Genau genommen hatte er sich nach kurzer Zeit vollständig erholt, und als er überlegte, was sie gesagt hatte und aus welchen Gründen sie überhaupt gekommen war, fand er recht viel, was ihn tröstete. Zunächst einmal lösten sich sämtliche Zweifel, die er insgeheim an seinem Geisteszustand gehegt hatte, in Luft auf. Er glaubte nicht, dass er verrückt war, nur weil Josephine Lackett es behauptete. Sicher hätte sie gern bestätigt gesehen, dass er verrückt war, weil es ihr gelegen kam, es zu glauben. Die Überzeugung, er sei wahnsinnig, hätte sie von dem ständigen Drang befreit, an ihn denken zu müssen, und allein, dass sie diesen Drang anscheinend hatte, freute ihn. Zudem glaubte er fest, dass Josephine, wäre sie wirklich überzeugt gewesen, er sei wahnsinnig, ihn nicht eigens besucht hätte, um ihn davon zu unterrichten. Selbst Josephine hätte keine Befriedigung in einer so sinnlosen Grausamkeit gefunden. Hätte sie sich verpflichtet gefühlt, irgendwelche Schritte in dieser Sache zu unternehmen, wäre sie zu den Beamten der Gesellschaft gegangen und hätte darauf gedrungen, ihn von einem Nervenarzt untersuchen zu lassen, der seine Geisteskrankheit bestätigte. In Anbetracht all dieser Gründe versicherte sich Mr Cromartie höchst zufrieden, nicht verrückt zu sein und auch nicht Gefahr zu laufen, es zu werden, selbst wenn er keinen Zweifel daran hatte, dass Josephine sich nur allzu gern das Gegenteil einredete.

Freud und Leid liegen nah beieinander, und was Mr Cromartie jetzt in so gute Stimmung versetzte, waren Überlegungen, die normalerweise keine derartige Wirkung haben. Doch nach Wochen in tiefer Verzweiflung konnte er sich kaum eine größere Freude vorstellen als eine Josephine, die sich einreden musste, er sei verrückt, um ihn aus ihren Gedanken zu vertreiben.

Man sollte daraus aber bloß nicht schließen, Mr Cromartie hätte sich nun falschen Hoffnungen hingegeben. Er zog es nicht einmal in Betracht, aus dem Zoo auszubrechen oder Josephine zurückzugewinnen, denn weder das eine noch das andere hatte sich ihm je als Wunsch aufgedrängt. Solche Gedanken wären ihm nicht nur lächerlich, sondern auch schändlich vorgekommen. Er hatte sich bewusst für diesen Weg entschieden, und die Frage, ob er bleiben solle oder nicht, stand für ihn nicht zur Diskussion. In dieser Hinsicht hatte die Zoologische Gesellschaft mit der Wahl ihres »Menschen« überaus Glück. Dennoch besteht wohl kein Zweifel daran, dass man Mr Cromartie, wäre dies sein Wunsch gewesen, jederzeit freigelassen hätte, ohne dass er zu extremen Maßnahmen wie der Verweigerung von Nahrung hätte greifen oder Besucher hätte bitten müssen, ihn zu retten, auch wenn es sicher ärgerlich für die Gesellschaft gewesen wäre, ihn gehen lassen zu müssen. Es wäre gewiss nicht allzu schwer gewesen, ihn durch ein anderes Exemplar seiner Art zu ersetzen. Sein Verlust aber wäre deshalb ein schwerer Schlag gewesen, weil die Öffentlichkeit nur allzu leicht eine Beziehung zu einzelnen Tieren im Zoo aufbaut und nicht zu trösten ist, wenn einer ihrer Lieblinge stirbt oder verschwindet, selbst wenn man ihn umgehend durch ein noch edleres Exemplar seiner Art ersetzt. Viele begeben sich in den Garten, weil sie ihre guten Freunde Sam, Sadie und Rollo besuchen wollen, und nicht nur, um irgendeinen Eisbären, Orang-Utan oder Königspinguin anzusehen. Und was für das gemeine Publikum gilt, trifft in gleichem Maß auch auf die Mitglieder der Gesellschaft zu. Es war also nur verständlich, dass man hoffte, das neu angeschaffte Exemplar werde für den Rest seines Lebens bleiben, und obwohl Mr Cromartie, wenn sich die allgemeine Neugier an seiner Person erst einmal gelegt hatte, in puncto Beliebtheit nicht mit den anderen Kreaturen würde mithalten können, hoffte man doch, dass er bis dahin genauso viel Persönlichkeit entwickelt hätte wie ein Bär oder Affe.

Während einer privaten Führung durch das Affenhaus sprach Sir James Agate-Agar dem Museumsdirektor gegenüber von Cromartie als »Diogenes des Londoner Zoos«. Der Name war sofort in aller Munde, zumindest bei jenen, die sich im Dunstkreis der Zoologischen Gesellschaft bewegten. Welche Chance für Mr Cromartie, wäre er gewillt gewesen, sie zu ergreifen! Jetzt, da die große Welle der Schaulustigen, die das neue Ausstellungsobjekt hatten begaffen wollen, abgeebbt war, gab es in den oberen Gesellschaftsschichten Londons so manchen, der gern Mr Cromarties Bekanntschaft gemacht hätte; und wäre er klug genug gewesen, die ihm zugedachte Rolle zu ergreifen, so hätte er beliebig viele Besucher empfangen können, und zwar Persönlichkeiten höchsten Ranges, die echtes Interesse und Wohlwollen für ihn empfanden, wenngleich sie sich davon sicher versprochen hätten, dass er sie im Gegenzug gut unterhielt, da ein Mann wie der »Diogenes des Zoos« doch sicher ein amüsanter Gesprächspartner war.

Doch obwohl Mr Cromartie die feste Absicht hatte, für den Rest seines Lebens in dem eigens für ihn hergerichteten Käfig zu bleiben, ahnte er nichts von den sich bietenden gesellschaftlichen Möglichkeiten oder achtete sie jedenfalls so gering, dass er sämtliche Angebote dieser Art stets abwehrte und mit spürbarem Widerwillen reagierte, wollte man sich mit ihm unterhalten, was auch für den Direktor galt. Vorläufig legte man dieses Verhalten als eine der Situation geschuldete Befangenheit aus, die man unter anderem auf die tägliche Zurschaustellung vor großen Menschenansammlungen zurückführte, deren teils beleidigendes Verhalten den größten Unwillen hervorrufen musste.

Nach ihrer ersten Unterhaltung vergingen etliche Tage, bis Mr Cromartie Miss Lackett wiedersah. In dieser Zeit sann er über vieles nach, doch seine Stimmung blieb heiter; zum ersten Mal seit zehn Tagen unternahm er rein zum Vergnügen einen Spaziergang durch den Garten, und nicht, weil er sich frische Luft verordnete, um gesund zu bleiben. Mehrere Abende in Folge saß er eine halbe Stunde oder länger reglos am Becken von Biber und Otter, wobei er ab und zu durch einen Blick auf Erstere belohnt wurde, Letztere jedoch nur ein einziges Mal zu Gesicht bekam. Ihn zogen stets jene Tiere im Garten an, die sich nicht um ihre angeborene Wildheit hatten bringen lassen. In seiner verzerrten Wahrnehmung kam es ihm vor, als hätten sie sich ihre Selbstachtung bewahrt. Ihm lag in dieser für ihn so besonderen Lage sehr daran, es ihnen gleichzutun, auch wenn ihm durchaus bewusst war, dass es mit bloßer Scheu nicht getan war. Im Gegenteil, Mr Cromarties Selbstachtung hing davon ab, ob es ihm gelingen würde, den Anschein unerschütterlicher Gelassenheit aufrechtzuerhalten und sich gegenüber allen, mit denen er es zu tun hatte, überaus freundlich zu zeigen.

Als er eines Abends die Füchse beobachtete, kam der Pfleger aus dem Kleinen Raubtierhaus auf ihn zu, und sie begannen eine Unterhaltung. Nach einigem Vorgeplänkel, das dem üblichen Zweck diente – Mr Cromartie nämlich zu zeigen, dass der Pfleger ein angenehmer Kerl und ihm wohl gesonnen war –, sagte er:

»Ich glaube, es wäre gut, wenn Sie sich unter den Tieren einen Liebling aussuchten, also, natürlich nur, wenn Sie es möchten. Da Sie doch hier sind, wäre es schade, wenn

Sie sich nicht eins dieser ungewöhnlichen Geschöpfe zum Gefährten machten.«

Mr Cromartie hatte erst kurz zuvor selbst gedacht, der vielleicht größte Nachteil seiner Situation sei der, keinen vertrauten Freund zu haben. Von seinem einstigen Leben hatte er sich gänzlich losgesagt, es war ihm nun verschlossen, sodass es keinen Sinn hatte, sich nach einem der alten Freunde zurückzusehnen. Zugleich war er so völlig abgeschnitten vom gewöhnlichen Treiben der Menschen, dass er nicht wagte, mit seinen Mitmenschen in Kontakt zu treten, da er fürchtete, bemitleidet oder mit noch mehr Neugierde begafft zu werden.

Der Vorschlag des Pflegers kam genau im richtigen Moment, merkte er doch deutlich, dass ihm nicht an einem *Lieblingstier* gelegen war, er so aber zu einem *Freund* kommen könne. In jedem Fall, dachte er, war die Gleichheit der Lebensumstände eine ausgezeichnete Grundlage für jede Art von Bekanntschaft, und an keinem anderen Ort hätte er die Lebensumstände eines Tieres so gut teilen können wie hier im Zoo. Selbst im Regenwald hätte er ihnen nicht näher sein können, denn dort waren zwar die Tiere zu Hause, er aber nicht.

Er folgte dem Pfleger ins Kleine Raubtierhaus, wo sie ihr Gespräch fortsetzten.

Es ergab sich nun, dass Mr Cromartie bereits bei einem früheren Besuch besonderen Gefallen an einem der Schützlinge des Pflegers gefunden hatte. Sah er doch in dem Karakal eine Traurigkeit, die seiner eigenen entsprach, gepaart mit großer Schönheit. Der Karakal, das arme Tier, lief ununterbrochen hin und her, das Gesicht dabei dicht hinter den Gitterstäben seines viel zu kleinen Käfigs. Unermüdlich lief er rasch hin und her, mit einer Einförmigkeit, die sich aus unsagbarem Kummer zu speisen schien.

Auf seinen Wunsch hin holte der Pfleger den Karakal heraus, damit er zu ihm sprechen konnte.

Von nun an verging kein Abend ohne

einen Besuch Mr Cromarties bei seinem Karakal, und ohne sich ihm aufzudrängen, zeigte er dem Tier, dass ihm, anders als den meisten anderen Mitgefangenen, an einem geselligen Miteinander gelegen war. Diese Hartnäckigkeit zahlte sich aus, denn schon nach fünf oder sechs Tagen unterbrach der Karakal sein trauriges Hin und Her am Gitter, sobald Cromartie hereinkam, und schaute ihm voller Bedauern nach, wenn es an der Zeit für ihn war zu gehen.

Der Pfleger seinerseits war überaus zufrieden, dass sein Karakal einen solchen Gefährten bekam, vielleicht umso mehr, als es nicht sein eigener Liebling war; er betrachtete es gewissermaßen als sein persönliches Verdienst, Mr Cromartie zu einem Lieblingstier geraten zu haben. Bald schon verbreitete sich die Neuigkeit überall, hatte er doch dem Direktor und anderen Mitarbeitern davon erzählt.

Schließlich kam es, dass Cromartie eines Abends, als er bereits für die Nacht eingesperrt worden war und sich zum Lesen hingesetzt hatte, den Schlüssel im Türschloss hörte und ihm kurz darauf der Zoodirektor einen Besuch abstattete.

»Oh, Mr Cromartie«, sagte der Direktor überaus freundlich, »ich wollte Sie nur kurz sprechen. Der Pfleger des Kleinen Raubtierhauses hat mir erzählt, dass Sie den Karakal recht lieb gewonnen haben.«

Bei diesen Worten erblasste Cromartie ein wenig und sagte zu sich: »Nun haben wir die Bescherung. Er wird uns verbieten wollen, unsere Freundschaft fortzusetzen; das hätte ich mir ja denken können.«

Der Direktor ließ Cromartie nicht lange im Ungewissen und fuhr fort: »Wie nun würde es Ihnen gefallen, Mr Cromartie, das Kerlchen in Ihrem – ich meine, es hier bei sich zu haben? Sie müssen ihn natürlich nicht nehmen, sollten Sie das nicht wollen, und Sie müssen ihn auch keinen Tag länger behalten, als Sie es wünschen. Ich sage das nicht etwa, weil ich Platz sparen möchte, seien Sie versichert.«

Mr Cromartie nahm den Vorschlag dankbar an, und es wurde vereinbart, dass der Karakal probeweise ein paar Tage zu ihm kommen sollte.

Am Tag darauf besuchte er abends wie gewohnt das Kleine Raubtierhaus, doch als der Karakal diesmal herausgelassen wurde, forderte er diesen auf, ihn zu seinem Käfig zu begleiten. Und siehe, das Tier folgte ihm, ohne zu zögern, lief neben ihm her, und dann, mit wachsendem Selbstvertrauen, rannte die Katze ein paar Meter voraus, hielt aber immer wieder an, als wollte sie ihn fragen:

»Wo geht es hin, lieber Gefährte?«

Wenn Cromartie sie dann eingeholt hatte, schüttelte sie die Pinsel der schwarz gefärbten Quastenohren und rannte erneut vor ihm her. Eins war schon abzusehen: Fehlen würde dem Karakal sein kleiner Käfig sicher nicht. Nein, er flitzte in die geräumigere Behausung seines Freundes, als würde er nur allzu gern für immer bleiben, und nachdem er vier oder fünf Runden darin gedreht hatte, auf den Tisch und jeden der Stühle gesprungen war, um sich von dort umzusehen, machte er es sich bequem, als wäre er zuhause, und war es vielleicht auch zum ersten Mal, seit man ihn in den Zoo gebracht hatte.

Diese schöne Katze, und als solche empfand er den Karakal (der darüber hinaus ein paar Eigenschaften besaß, die man Katzen in der Regel nicht nachsagt), erwies sich in der Gefangenschaft als großer Trost. Denn das Tier hatte alle möglichen Verspieltheiten und hübschen Angewohnheiten, die ihm Freude bereiteten. Schon so lange hatte er tagsüber nichts anderes zu Gesicht bekommen als die gemeinen Affen nebenan und die gaffende Meute, die Ersteren frappierend ähnelte (abgesehen davon, dass die Meute weit weniger zur Anwesenheit gezwungen war als die Affen), und so war es eine seltene Freude, eine anmutige und liebenswerte Kreatur um sich zu haben. Vielmehr noch war der Karakal sein Gefährte, sein selbstgewählter Freund, der ein und dasselbe unglücksselige Los mit ihm teilte. Sie waren in allem gleich, und ihre Liebe wies nichts von der kriecherischen Unterwürfigkeit oder dem dominanten Besitzverhalten auf, die das Miteinander von Mensch und Tier üblicherweise so entwürdigend gestalten – und zwar für beide Seiten. Mag es auch abstrus klingen, aber die beiden waren sich in ihrem Wesen erstaunlich ähnlich.

Beide waren von Natur aus fröhlich und sportlich und verfügten über angenehme Umgangsformen, die die ungezähmte Wildheit ihrer dunklen Herzen erstaunlich gut überdeckten. Aber vor allem in ihrem übermäßigen und verbissenen Stolz ähnelten sie sich sehr. Stolz war in beiden die treibende Kraft aller Handlungen, auch wenn sich dieser in einem Menschen anders ausdrückte als in einer seltenen, kostbaren Katze. Keiner der beiden verbog sich in Gefangenschaft, auch wenn sie im einen Fall freiwillig eingegangen und im anderen erzwungen worden war, keiner unterwarf sich voll und ganz.

Denn obwohl Mr Cromartie sich stets ergeben und beispielhaft gehorsam zeigte, handelte es sich dabei doch nur um eine gespielte Unterwerfung.

Die Anwesenheit seines neuen Freundes war zum Wohl beider Seiten, und in der Regel gab es zwischen ihnen keine der Schwierigkeiten, die das Zusammenleben auf engem Raum zuweilen erschweren. Auch wenn der Karakal kein Nachtschläfer war, sondern in der ersten Hälfte der Nacht umherschlich, tat er dies auf leisen Pfoten, und da er, kaum dass der Morgen graute, von all dem Umherstreunen müde war, fand Mr Cromartie seinen Freund beim Erwachen stets zusammengerollt neben sich auf dem Bett.

In der ganzen Zeit ihres Miteinanders versuchte der Mensch nie, Macht über das Tier auszuüben; entfernte sich der Karakal, rief Cromartie ihn nicht zurück, ebenso wenig wie er versuchte, ihn mit irgendwelchen Leckerbissen von seinem Tisch anzulocken oder ihm mit irgendwelchen Belohnungen neue Tricks beizubringen. Wenn man die beiden so sah, schien es beinahe, als würden sie einander gar nicht bemerken oder sich mit nichts anderem als völliger Gleichgültigkeit begegnen. Nur wenn der Karakal Cromarties Geduld arg strapazierte, ihm beispielsweise das Essen stibitzte, ehe er selbst fertig war, oder mit seinem Füllfederhalter spielte, wenn er schrieb, schimpfte er mit ihm oder gab ihm einen kleinen Klaps, um sein Missfallen auszudrücken. Ein oder zwei Mal fletschte der Karakal darauf die Zähne und fuhr seine scharfen und kräftigen Krallen aus, überlegte es sich aber jedes Mal anders, ehe er sie gegen seinen großen trägen Freund einsetzte. Wie zu erwarten trug Mr Cromartie natürlich den ein oder anderen Kratzer davon, was aber im Spielen oder eher aus Versehen geschah, und in der Tat passierte es fast immer dann, wenn der Karakal vom Boden auf seine Schultern sprang und sich festhielt, weil er das Gleichgewicht verlor. Nur einmal war es wahrlich ernst, als der Karakal versuchte, höher zu springen als üblich, und auf Cromarties Kopf und Nacken landete. Vor Schreck und Schmerz schrie Mr Cromartie auf, und der Karakal zog augenblicklich die Krallen ein und versuchte sein Missgeschick wiedergutzumachen, schnurrte und schmiegte sich liebevoll an ihn. Während Mr Cromarties Kopf aus zehn Wunden blutete, sprach er nichtsdestotrotz sanft zu dem Tier und vergab ihm ganz und gar. Doch all das war nichts gegen das Glück, in der Gefangenschaft einen Gefährten bei sich zu haben, einen Gefährten, der seinerseits noch viel glücklicher über einen selbst war.

Auf Cromarties Wunsch quartierte man den Karakal nun dauerhaft in seinem Käfig ein, und ein zweites Schild wurde neben dem seinen angebracht:

Karakal (Wüstenluchs) *felis carakal* ♂ Irak Schenkung der Staffel N. Royal Air Force, Basra

Abbildungen wurden nicht hinzugefügt, weder von Mensch noch Karakal, da man selbstverständlich davon ausging, dass die Besucher sie zu unterscheiden wussten. Die Öffentlichkeit zeigte viel Anerkennung für den Menschen, der seinen Käfig mit einem Tier teilte, und so kam es, dass Mr Cromartie, anders als zuvor, stark an Beliebtheit gewann. Das Blatt hatte sich gewendet, und jene, die eben noch Anstoß an ihm genommen hatten, fanden ihn jetzt äußerst reizend. Statt bösartiger Bemerkungen oder gar Beleidigungen drangen nun Begeisterungsrufe an sein Ohr.

Dies war fraglos eine Wendung zum Guten, auch wenn Mr Cromartie annehmen musste, der begeisterte Zuspruch würde mit der Zeit sicher ähnlich lästig werden wie früher die bösartigen Bemerkungen. Sein Schutzmechanismus war in beiden Fällen derselbe: Er hörte nicht hin, schaute nicht durch das Gitter, wenn es sich vermeiden ließ, und las in seinen Büchern, als wäre er wirklich ein Gelehrter, der sich seinen Studien widmete.

Und so saß er auch da, seinen Gefährten, den Karakal, zu Füßen, und las *Wilhelm Meister*, als er plötzlich seinen Namen hörte und aufsah.

Mit blassen Wangen und strengem Mund stand vor ihm Josephine und starrte ihn an.

Mr Cromartie sprang auf, verlor aber, weil er so überrascht war, kurz die Beherrschung.

»Mein Gott! Was machst du hier?«, fragte er sichtlich gereizt.

Erschrocken wich Josephine einen Schritt zurück, als er nach vorn ans Gitter trat. Einen Augenblick war sie sprachlos, dann aber sagte sie:

»Ich bin hier, um dich nach einem Buch zu fragen. Den zweiten Band von *Liaisons Dangereuses.* Tante Eiley macht großes Theater deswegen. Sie sagt, die Ausgabe sei besonders wertvoll wegen der Illustrationen. Zudem vermutet sie, dass ich es lese, was sie für reichlich unangemessen hält …«

Bei diesen Worten fing Cromartie an zu

lachen, kniff die Augen zusammen und zeigte die Zähne.

»Meine Vergesslichkeit hat dich also in Verlegenheit gebracht, ja?«, fragte er. Und dann: »Es tut mir schrecklich leid. Ich habe das Buch tatsächlich hier. Ich schicke es dir heute Abend mit der Post. Durch das Gitter kann ich es dir ja leider nicht reichen. Gewiss ein Nachteil an diesem Leben im Käfig.«

Josephine fand, dass Cromartie besser denn je aussah. Auch ihre Miene entspannte sich, doch sie blieb schreckhaft und befangen, wohl aus Angst, dass jemand das Affenhaus betreten und sie beide im Gespräch antreffen könnte.

Sie schwiegen eine Weile. Dann sah sie den Karakal an und sagte:

»Ich habe in der Zeitung gelesen, dass du einen Gefährten hast. Das scheint mir eine gute Idee zu sein. Du siehst besser aus. Ich selbst habe Bronchitis gehabt und zwei Wochen lang das Bett gehütet, seit wir uns zuletzt gesehen haben.«

Aber während Josephine sprach, verdüsterte sich Cromarties Gesicht wieder. Ihm fiel auf, wie merkwürdig sie sich verhielt, und er ärgerte sich darüber. Er dachte auch daran, wie sie sich anlässlich ihres letzten Besuches aufgeführt hatte. Als er sich all das erneut ins Gedächtnis rief, runzelte er die Stirn und straffte die Schultern, rieb sich recht verdrossen die Nase und sagte:

»Josephine, versteh doch, dass es überaus schmerzhaft für mich ist, dich sehen zu müssen. Es ist kaum auszuhalten, und ich glaube nicht, dass ich mich dieser Gefahr noch länger aussetzen darf. Das letzte Mal bist du hergekommen, um mir mitzuteilen, dass du mich für verrückt hältst. Ich glaube, du liegst falsch, aber wenn ich mich nicht davor schützen kann, dich zu sehen, werde ich ganz sicher verrückt werden. Ich muss dich daher bitten, mir auf immer fernzubleiben, und sei es nur im Interesse meiner Gesundheit. Solltest du mir etwas Dringendes sagen wollen – weil du wieder eins deiner Bücher suchst oder dergleichen –, kannst du mir jederzeit schreiben. Alles, was du sagst oder tust, ist nichts als schmerzlich und aufreibend für mich, selbst wenn du mir freundlich gesonnen wärst, doch deinem Verhalten nach zu urteilen, muss ich annehmen, dass du mir Schmerzen zufügen willst und nur herkommst, um dir einen Spaß daraus zu machen, mich zu verletzen. Ich warne dich, ich habe nicht die Absicht, mich von dir quälen zu lassen.«

»John, noch nie habe ich solch einen Unsinn gehört. Ich hatte gehofft, es ginge dir besser, doch jetzt bin ich mir endgültig sicher, dass du verrückt bist«, sagte Josephine. »Du müsstest hören, wie du mit mir sprichst, das hat sich noch keiner herausgenommen. Und da soll ich dich sehen wollen!«

»Nun, ich verbiete dir, künftig herzukommen und mich zu besuchen«, sagte Mr Cromartie.

»Verbieten? Du verbietest es mir!«, schrie Josephine, die jetzt wütend auf ihn war. »Du verbietest mir zu kommen! Hast du denn nicht begriffen, dass du hier ausgestellt bist? Jeder, der einen Schilling bezahlt, hat Zutritt zum Affenhaus und kann dich den ganzen Tag über anstarren. Deine Gefühle brauchen uns nicht zu kümmern; das hättest du früher bedenken sollen. Du wolltest ein Anschauungsobjekt aus dir machen, jetzt musst du auch die Konsequenzen tragen. Mir verbieten wollen, herzukommen und dich zu sehen! Gütiger Himmel! Dreist wie ein Tier! Du bist jetzt einer der Affen, weißt du das nicht? Du hast dich auf eine Stufe mit den Affen gestellt und bist ein Affe – und genauso werde ich dich auch behandeln.«

Das alles sagte sie so kalt und höhnisch, dass Mr Cromartie es nicht ertrug. Das Blut schoss ihm in den Kopf und mit vor Wut verzerrtem Gesicht erhob er hinter dem Gitter die Hand zur Faust gegen sie. Als er endlich wieder sprechen konnte, sagte er mit unnatürlicher Stimme:

»Dafür werde ich dich umbringen. Wie ich dieses Gitter verfluche!«

»Nun, manchmal ist es doch zum Vorteil«, sagte Josephine kühl. Er machte ihr Angst, doch während sie sprach, warf Mr Cromartie sich auf den Boden, stopfte sich sein Taschentuch in den Mund und biss hinein; in seinen Augen standen Tränen, und er seufzte immer wieder so tief, als wäre sein Ende gekommen.

Das ängstigte Josephine noch viel mehr als seine Drohung, sie zu töten. Als sie sah, wie er sich hin und her wälzte, als hätte er Krämpfe, bereute sie, was sie zu ihm gesagt hatte, trat ganz nah zu ihm ans Gitter und bettelte ihn an, ihr zu vergeben und ihre Worte doch bloß zu vergessen.

»Mein liebster John, ich habe kein Wort davon wirklich gemeint«, sagte sie mit ganz veränderter Stimme, so zart, dass er sie kaum hörte. »Wie kannst du glauben, dass ich dich verletzen will, wenn ich dich hier in diesem elenden Gefängnis besuche, weil ich dich liebe und dich nicht vergessen kann, trotz allem, was du getan hast, um mich mutwillig zu kränken?«

»Oh, geh doch, geh, wenn du noch einen Funken Mitgefühl in dir hast«, sagte John. Er hatte seine Stimme nun wiedergefunden, schluchzte aber ein oder zwei Mal, während er sprach. Unterdessen kam der Karakal, der die ganze Szene mit angesehen und recht erstaunt zugehört hatte, auf John zu und tröstete ihn in seinem Leid, schnupperte erst an seinem Gesicht und seinen Händen und leckte sie dann ab.

Noch ehe ein weiteres Wort zwischen John und Josephine fallen konnte, öffnete sich die Tür und eine Gruppe Besucher kam herein, um sich die Affen anzusehen. Umgehend verließ Josephine zügigen Schrittes das Gebäude, dann den Zoo und sprang in ein Taxi, um nur möglichst rasch nach Hause zu kommen. Alles schien ihr wie in einem schrecklichen Traum. Mr Cromartie hingegen rappelte sich so rasch wie möglich auf und rannte aus dem Käfig in sein Versteck, wo er sich das Gesicht wusch, die Haare kämmte und sich etwas sammelte, bevor er wieder vor die Leute trat. Als er aber zurückkehrte, war die Gruppe schon hinausgegangen und nur sein Karakal starrte ihn an, als wolle er sagen:

»Was ist nur mit dir, mein lieber Freund? Hast du dich wieder gefangen? Ist es vorbei? Ich mag ein Karakal sein und du ein Mensch, aber ich leide mit dir. Denn ich liebe dich wirklich sehr.«

Als er zurückkam, war dort in seinem Käfig nur sein Karakal, der Karakal und der *Wilhelm Meister* da auf dem Boden.

In dieser Nacht litt Miss Lackett jede nur erdenkliche Qual der Liebe, denn ihr Stolz schien sie genau jetzt im Stich gelassen zu haben, da sie ihn am meisten brauchte, und ohne diesen Schutz war es ein Leichtes für ihr Mitleid mit Mr Cromartie und die Scham über ihre eigenen Worte, sie zu überwältigen und zu demütigen.

»Wie kann ich je wieder mit ihm sprechen?«, fragte sie sich. »Wie kann ich hoffen, dass er mir vergibt, wo ich ihn doch zweimal in dieser elenden Gefangenschaft besucht, ihn aber jedes Mal beleidigt und Dinge gesagt habe, die ihm die größten Schmerzen bereitet haben müssen?«

»Es war von Anfang an meine Schuld«, sagte sie sich. »Ich allein habe ihn dazu getrieben, in dieses Affenhaus zu ziehen. Ich habe ihn verrückt genannt, ihn verhöhnt und gequält, dabei ist doch alles mir selbst, meinem aufbrausenden Wesen, meinem Stolz und meiner Herzlosigkeit anzulasten. Die ganze Zeit über habe ich gelitten, und nun ist es zu spät, noch etwas zu tun. Jetzt wird er mir niemals mehr verzeihen. Er wird es nicht ertragen, mich jemals wiederzusehen, und ich werde auf ewig darunter leiden. Hätte ich mich anders verhalten, hätte ich ihn vielleicht retten können, ihn und mich gleich mit. Jetzt habe ich seine Liebe zu mir getötet, und nur wegen meiner Dummheit muss er nun für immer Gefangenschaft und Einsamkeit ertragen, und ich werde auf ewig unglücklich sein und vom Schicksal gebeugt durchs Leben gehen.«

Der Mensch ist nicht dafür gemacht, derartige Emotionen lange zu ertragen; sie sind ein akutes Leiden, in einem gesunden und munteren Mädchen aber sind sie niemals von Dauer.

Es war darum nur natürlich, dass Miss Lackett, nachdem sie den Großteil der Nacht mit bittersten Selbstvorwürfen und schlimmsten Schuldgefühlen zugebracht und so viele Tränen vergossen hatte, dass ihr Kissen davon unangenehm nass geworden war, am nächsten Morgen mit neuer Hoffnung erwachte. Sie war entschlossen, Mr Cromartie noch am selben Nachmittag zu besuchen, und ließ ihm eine Nachricht schicken, um ihn auf diese Weise von ihrem Vorhaben in Kenntnis zu setzen:

Eaton Square

Lieber John,

Du weißt, dass ich mich nur deshalb so schrecklich benommen habe, weil ich Dich noch immer liebe. Ich schäme mich so sehr, bitte verzeih mir doch,

wenn Du kannst. Ich muss Dich heute sehen. Darf ich am Nachmittag kommen? Sag ja, bitte, denn so wie jetzt können wir beide unmöglich weitermachen. Ich komme dann am Nachmittag. Aber bitte gib mir zuvor Dein Einverständnis, denn ich werde natürlich nicht kommen, ehe Du mir nicht durch den Boten Bescheid gibst, dass es Dir recht ist.
Deine Josephine Lackett

Kaum war der Bote fort, bereute sie schon, was sie geschrieben hatte, und es schien ihr absolut sicher zu sein, dass ihr Brief Cromartie nur weiter aufbringen würde. Plötzlich wurde ihr klar: »Nun habe ich mich der größten Demütigung ausgesetzt, die einer Frau widerfahren kann.« Ein solcher Schrecken durchfuhr sie, dass sie tatsächlich kurz erwog, sich das Leben zu nehmen. Da sich ihr aber weder Gift noch Dolch noch Abgrund bot, unternahm sie nichts, und kaum war eine Minute vergangen, war auch diese Stimmung verflogen, und sie sagte sich:

»Was macht diese Demütigung schon? Ich habe letzte Nacht so viel Demütigung durchlitten, dass es nicht mehr ärger kommen kann. Letzte Nacht habe ich mich selbst gedemütigt. Sollte John mich heute demütigen wollen, so wird er sehen, dass das Werk bereits vollbracht ist. In der Zwischenzeit muss ich mich zusammennehmen. Ich habe keine Zeit für derlei Gefühle; es gibt noch viel zu tun. Ich muss ihn unbedingt sehen. Ich liebe ihn, da müssen wir uns doch einigen können. Wir müssen eine Vereinbarung treffen.«

Angetrieben von diesen Gedanken verließ sie sogleich das Haus, um rasch und ohne die Rückkehr des Boten abzuwarten, in den Zoo zu eilen. Doch in ihr arbeitete es weiter.

»Ich werde ihm alles verzeihen und ihm anbieten, mich im Stillen mit ihm zu verloben, wenn er seinerseits noch heute den Zoo verlässt.«

Während sie so zu sich sprach, kam ihr jedoch nicht in den Sinn, dass es für sie ein

Leichtes wäre, diese Verlobung wieder zu lösen, wohingegen die Zoologische Gesellschaft Cromartie, hätte er den Garten erst einmal verlassen, wohl nicht wieder zurücknähme.

Kurz vor dem Marble Arch musste sie warten, um die Straße zu überqueren, und bemerkte neben sich einen Zeitungsverkäufer. Auf dem Plakat, das er trug, stand:

Mann im Zoo von Affe angefallen

Zunächst kam es ihr gar nicht in den Sinn, dass hier ihr Liebster gemeint sein könnte, ja, sie erlaubte sich sogar etwas Schadenfreude bei der Vorstellung von einem Besucher, dem in den Finger gebissen worden war, doch plötzlich überfiel sie ein Zweifel und so kaufte sie rasch eine Zeitung.

»Heute Morgen wurde der ›Mann im Zoo‹, dessen tatsächlicher Name Mr John Cromartie lautet, von Daphne, dem Orang-Utan-Weibchen im Nachbarkäfig, aufs Schlimmste misshandelt.« Josephine las den gesamten Bericht sorgsam bis zum Ende.

Demnach hatte Cromartie am Vormittag mit dem Karakal im Käfig Ball gespielt. Bei einem Ausweichmanöver war er heftig gegen das Drahtgeflecht gefallen, das ihn von dem Orang-Utan trennte. Als er daraufhin liegen blieb, mussten die Besucher entsetzt mit ansehen, wie der Affe ihn an den Haaren packte. Mr Cromartie riss zum Schutz die Hände vors Gesicht, woraufhin der Affe auch seine Finger zu fassen bekam und ihm die Knochen brach. Doch hatte Mr Cromartie Tapferkeit bewiesen und sich befreit, noch ehe der Pfleger eintraf. Zwei seiner Finger waren zerquetscht und die Knochen gebrochen; sein Kopf wies mehrere Wunden auf und sein Gesicht war völlig zerkratzt. Am schlimmsten jedoch war die Gefahr einer Blutvergiftung, die bei von Affen zugefügten Verletzungen bekanntlich besonders groß ist.

Als sie das las, erinnerte sich Josephine plötzlich daran, dass der König von Griechenland an einem Affenbiss gestorben war, und sie verfiel zusehends in Panik. Sie rief ein Taxi, stieg ein und bat den Fahrer, sie schnellstmöglich zum Zoologischen Garten zu bringen. Den gesamten Weg über war sie ganz krank vor Aufregung und konnte keinen klaren Gedanken fassen.

Endlich im Zoo angekommen, ging sie unverzüglich zum Haus des amtierenden Direktors und sah gerade noch, wie Mr Cromartie auf einer Bahre hineingetragen wurde, doch noch ehe sie bei ihm war, schlug man ihr die Tür vor der Nase zu. Sie klingelte, doch es dauerte beinahe fünf Minuten, bevor ihr von einem Dienstmädchen geöffnet wurde, das ihre Karte entgegennahm und versprach auszurichten, dass sie eine Freundin von Mr Cromartie sei und den Direktor zu sprechen wünsche. Das Dienstmädchen kehrte nicht zurück, stattdessen kam der Direktor an die Tür, und Josephine erklärte ihm ohne Umschweife den Grund für ihren Besuch. Sie wurde hereingebeten und in ein feines, hell beleuchtetes Esszimmer geführt, wo sie sich in Anwesenheit zweier Herren wiederfand, die einen Cutaway trugen und buschige Augenbrauen hatten. Der Direktor stellte sie als eine Freundin von Mr Cromartie vor, woraufhin beide sie eingehend musterten und sich vor ihr verbeugten.

Sir Walter Tintzel, der Ältere der zwei, war ein kleiner Mann mit einem eher rundlichen roten Gesicht; der andere, Mr Ogilvie, war größer und noch recht jung, hatte pergamentartige Haut und ein Glasauge, in das sie nun starrte.

»Wie geht es dem Patienten?«, fragte Josephine und verhielt sich sogleich auf eine Weise, wie sie durch die Gegenwart angesehener Mediziner, insbesondere von Chirurgen, hervorgerufen wird, einen Zustand nahezu geistiger Leere, in dem, ganz gleich wie aufgebracht man eben noch war, sämtliche Emotionen verschwunden oder wie vom Nebel verschluckt sind, da man alle Kraft nur darauf richtet, sich mit größtem Anstand zu benehmen.

»Es ist noch etwas früh, um das zu sagen, Miss Lackett«, antwortete Sir Walter Tintzel, der ganz begierig mehr über sie in Erfahrung bringen wollte.

»Mein Freund Mr Ogilvie hat ihm gerade einen Finger amputiert; es wäre meiner Meinung nach ein nicht zu rechtfertigendes Risiko gewesen, es nicht zu tun. Er hatte etliche kleinere Verletzungen, die glücklicherweise keine derart drastischen Maßnahmen erforderten. Miss Lackett, dürfte ich Sie fragen, und bitte halten Sie mich nicht für unverschämt, ob Sie Mr Cromartie schon länger kennen? Wenn ich es richtig verstehe, sind Sie wohl eine gute Freundin, eine enge und nahe Freundin von Mr Cromartie.«

Bei dieser Bemerkung riss Miss Lackett die Augen auf und antwortete:

»Natürlich war ich besorgt … Ja, ich bin eine alte Freundin von Mr Cromartie – und ja, gewissermaßen eine enge Freundin.« Sie lachte. »Besteht die Gefahr einer Blutvergiftung?«

»Das Risiko besteht, doch wir haben jede erdenkliche Vorsichtsmaßnahme getroffen.«

»Der König von Griechenland ist an einem Affenbiss gestorben«, schrie Josephine plötzlich auf.

»Was für ein Unsinn«, fuhr der Direktor dazwischen, der nun vortrat. »Derartige Unfälle passieren hier ständig. Es ist scheußlich, dass der arme Kerl einen Finger verloren hat, aber darüber hinaus besteht absolut keine Gefahr.«

»Und Sie sind wirklich sicher, dass keine Gefahr besteht?«, fragte Josephine.

Der Direktor appellierte an die Mediziner, doch diese lächelten nur.

Josephine wandte sich zum Gehen, und im Vorraum sagte der Direktor zu ihr:

»Machen Sie sich keine Sorgen um ihn, Miss Lackett; ich weiß, allein die Vorstellung ist schrecklich, aber er ist nicht ernsthaft in Gefahr. Er ist nicht der König von Griechenland; es handelt sich noch nicht einmal um dieselbe Affenart. In ein bis zwei Tagen ist er wieder auf den Beinen. Aber sagen Sie noch, sind Sie die Tochter von General Lackett?«

Josephine war überrascht, gab es aber ohne Umschweife zu.

»Oh, wie schön – er ist ein alter Kamerad von mir. Kommen Sie doch nächste Woche einmal auf einen Tee vorbei und sehen Sie nach unserem Freund.«

Als Josephine den Garten verließ, war sie sehr viel besser gestimmt als bei ihrer Ankunft, und auch wenn sie der Gedanke an den bewusstlosen Mr Cromartie, an seinen bandagierten Kopf und den unter einer Decke liegenden Körper hier und da sehr betrübte, verspürte sie doch keine große Angst. Im Gegenteil, sie gab sich schon bald rosigen Zukunftsvisionen hin.

Denn für sie bestand kein Zweifel daran, dass Mr Cromartie den Zoo nun verlassen würde, und der Verlust eines Fingers war wahrlich kein zu hoher Preis dafür, dass er zurück in sein altes Leben fand, oder anders gesagt, keine zu harte Strafe für das von ihm an den Tag gelegte Verhalten.

Gleichzeitig ging ihr durch den Kopf, dass sie sich nun nicht vor Cromartie zu demütigen brauchte, da er den Zoo verlassen hatte und sich selbstverständlich mit ihr aussöhnen würde. Es war an ihr, ihm zu vergeben! Sie war gerade noch davongekommen. In welch schwacher Position sie doch gewesen wäre, hätte sie ihn vor dem Affenbiss getroffen! Wie stark war ihre Position hingegen jetzt! Diese Lektion, so dachte sie, musste sie sich zu Herzen nehmen, um nicht noch einmal so übereilt dem Impuls des Augenblicks nachzugeben, andernfalls würde sie John damit nur in die Hände spielen und sich selbst aller Verhandlungsmöglichkeiten berauben. Dann dachte sie an den Brief, den sie ihm hatte überbringen lassen, und versuchte einige Minuten, sich an die genauen Formulierungen zu erinnern. Als ihr einfiel, dass sie ihn darin um Verzeihung gebeten und gesagt hatte, sie würde sich schämen, biss sie sich vor Wut auf die Lippen und sagte laut: »Wie hässlich von dir! Wie kleinlich! Wie gewöhnlich!«

Und sogleich fielen ihr all die gewöhnlichen und schrecklichen Dinge ein, die sie gedacht hatte, als sie zum ersten Mal davon erfahren hatte, dass John in den Zoo gegangen war. Sie musste daran denken, wie sehr sie sich ihrer selbst später geschämt und wie abscheulich sie sich ihm gegenüber bei beiden Besuchen verhalten hatte. Ihr wurde klar, dass sie sich eigentlich zu Recht schämte, und hätte sie John nicht bereits in ihrem Brief um Verzeihung gebeten, hätte sie das dringend nachholen müssen. Doch schon im nächsten Augenblick geriet sie wieder ins Schwanken: »Gleichwohl bringt es auch nichts, mich ihm gegenüber so kleinzumachen. Ich muss die Oberhand behalten, sonst ist mein Leben nichts mehr wert.« Und schon stürzte sie sich wieder in Zukunftsträume, in denen John um ihre Hand anhielt und sie ihm diese großzügig gewährte, worauf sie gemeinsam in ein Landhaus zogen. Ihr Vater war ein Experte, was Fischteiche und Forellenbäche anbelangte. Cromartie und er würden sicher eine Fischzucht anlegen. Vielleicht gäbe es auch einen Graben um ihr Haus. Doch der Mann, der sich beim Frühstück über die Schulter ihres Vaters beugte und den Eierkocher beiseiteschob, um mit ihm den Plan für den neuen Fischbetrieb zu begutachten, war ein ganz anderer Mr Cromartie als der verstümmelte, vom Affen gebissene Mann im Zoo.

Als Josephine nach Hause kam, fand sie einen an Sie gerichteten Brief von Mr Cromartie vor, der jedoch nicht seine Handschrift aufwies.

Er las sich wie folgt:

Krankenzimmer, Zoo

Liebe Josephine,
der Bote hat mir Deine Nachricht überbracht. Es ist mir untersagt, Dich heute Nachmittag zu sehen, was mir erspart, Dich zurückzuweisen. Du sagst, Du bist mir gegenüber deshalb so grausam,

weil Du mich liebst. Und eben weil ich das weiß, habe ich versucht, ohne Deine Liebe auszukommen. Ich glaube, es liegt in Deiner Natur, die Menschen, die Du liebst, stets zu quälen. Es liegt mir nicht, Schmerzen zu ertragen, und schon allein deshalb passen wir nicht zueinander. Das ist der Hauptgrund, weshalb ich Dich nie wiedersehen möchte.

Du irrst, wenn Du glaubst, mir etwas von höchster Wichtigkeit mitzuteilen. Für mich gibt es nichts mehr von Wichtigkeit, außer der Korrespondenz mit der Zoologischen Gesellschaft betreffs der Vereinbarungen über mein Leben im Affenhaus. Bitte glaube mir, dass ich, was die Vergangenheit angeht, keinen Groll gegen Dich hege; tatsächlich liebe ich Dich immer noch, aber es ist mir ernst mit dem, was ich sage.

Immer der Deine

John Cromartie

Als Josephine den Brief zweimal gelesen und verstanden hatte, dass er nach dem Affenbiss geschrieben worden sein musste, noch bevor man ihm den Finger abgeschnitten hatte, gab sie alle Hoffnung auf.

Es zeigte sich nun, wie absolut lächerlich ihre Gedanken waren. Wenn John Derartiges in einem Augenblick schreiben konnte, da sein größter Wunsch der hätte sein müssen, der Gefangenschaft zu entkommen, musste sie einsehen, dass ihre Pläne für eine Wiederannäherung unmöglich waren. Sie ging hinauf in ihr Zimmer und legte sich hin. Es war alles verloren.

Am Morgen hatte Mr Cromartie sein übliches Frühstück, also Brötchen mit Butter und Oxford-Orangenmarmelade und dazu einen Kaffee, eingenommen. Nachdem es abgeräumt worden war, hatte er mit dem Karakal Ball gespielt.

Hierzu nutzte er einen gewöhnlichen Tennisball, den er auf den Boden des Käfigs warf, sodass er erst gegen das Drahtgeflecht prallte und dann zu ihm zurücksprang. Es war fast, als spielte man Five, jedoch bestand hier das Spiel darin, den Karakal daran zu hindern, den Ball wegzufangen, was Cromartie im Übrigen selten mehr als drei oder vier Mal hintereinander glückte, da das Tier sehr flink war und scharfe Augen hatte.

Nachdem sie zehn Minuten gespielt hatten, rutschte Mr Cromartie beim Versuch, einen sehr hoch springenden Ball zu fangen, nach hinten weg und fiel mit voller Wucht gegen das Drahtgitter seines Käfigs. Ehe er sich wieder aufrichten konnte, spürte er, wie ihn jemand an den Haaren packte, und sofort war ihm klar, dass es seine Orang-Utan-Nachbarin war, die ihn in die Klauen bekommen hatte. Das Biest zwängte einen Finger in Mr Cromarties Ohr und schlitzte es auf, ohne jedoch das Trommelfell zu verletzen. Es gelang Mr Cromartie, den Kopf zu drehen, um seine Angreiferin zu sehen, wodurch sein Gesicht aber nun dem Affen ausgesetzt war und er sich Kratzer auf der Stirn zuzog. Zum Schutz nahm er eine Hand vors Gesicht und drückte sich mit der anderen vom Gitter ab, wobei der Orang-Utan zwei seiner Finger zwischen die

Zähne bekam. Cromartie zuckte vor Schmerz zurück und bekam so seinen Kopf frei, bei der Bewegung jedoch riss das Haarbüschel, an dem der Affe ihn festhielt, schmerzhaft aus der Kopfhaut.

Der Affe hatte sich wie eine Bulldogge in seine Finger verbissen. Erst da zwängte sein Karakal, der sich bislang zwischen Cromarties Beine verdrückt hatte, eine Tatze durch das Gitter und zerkratzte den Oberschenkel des Orang-Utans, der aber immer noch nicht losließ. Mr Cromartie, der für einen Mann in seiner Lage einen erstaunlich kühlen Kopf bewahrte, nahm eine Packung Streichhölzer aus seiner Hosentasche, entzündete sie am Absatz und schob die flackernden Hölzer durch das Gitter ins Maul des Affen, worauf dieser nicht mehr anders konnte, als ihn loszulassen.

Mr Cromarties Geistesgegenwart, nach den Streichhölzern in seiner Hosentasche zu greifen, während der Affe seine Finger gemächlich zu Brei zermalmte, hinterließ bei den Besuchern, die lediglich um Hilfe rufen konnten, großen Eindruck. Ebenso der Umstand, dass Mr Cromartie, kaum dass er sich selbst befreit hatte, den Karakal, der rasend war vor Wut, vom Gitter fortzog, bevor der Affe ihn erwischen konnte. Eigenartigerweise trug Cromartie dabei keinen einzigen Kratzer davon, entweder weil er ihn mit der gesunden Hand im Nacken gepackt und sogleich aus dem Käfig gebracht oder weil der Karakal ihn sogar in dieser Situation erkannt hatte.

In ebendiesem Augenblick kam Collins, und der Schrecken war beinahe zu viel für ihn; leichenblass sei er gewesen und habe kaum sprechen können, sagten die Leute. Mr Cromartie war voller Blut; Blut rann ihm das Ohr und die Finger hinab, und auch sein Haar war blutdurchtränkt, aber trotzdem kam er zurück, kaum hatte er den Karakal weggesperrt, und zeigte den Besuchern, dass er nicht schwer verletzt war, woraufhin sie stürmisch klatschten – entweder froh, weil er entkommen war, oder aber dankbar, kostenlos ein so ungewöhnliches Spektakel dargeboten bekommen zu haben.

Cromartie ging zurück in sein Hinterzimmer, und Collins geleitete ihn von dort sofort auf die Krankenstation, wo man ihm erste Hilfe zukommen ließ. Kurze Zeit später erhielt er Josephines Brief und diktierte dem Boten eine Antwort an sie, der ohnehin erst leicht verzögert zu ihm durchgekommen war.

Kaum hatte er den Brief losgeschickt, setzte man ihn unter Narkose und der dritte Finger seiner rechten Hand wurde amputiert.

Als die Operation vorbei war, er das Bewusstsein aber noch nicht wiedererlangt hatte, brachte man ihn in das Haus des Direktors, der entschieden hatte, dass er es dort bequemer haben würde. Obgleich Mr Cromartie die ganze Zeit über absolute Ruhe bewahrt und seine Verletzungen ertragen hatte, ohne die Miene zu verziehen, nicht nur während des Angriffs selbst, sondern auch noch in den drei Stunden darauf, und in dieser Zeit in der

Lage gewesen war, einen Brief zu diktieren, als wäre nichts gewesen, hatte er doch einen heftigen Schock erlitten, dessen Symptome sich erst am Tag darauf zeigen sollten. Er verbrachte eine sehr unruhige Nacht, fühlte sich am Morgen jedoch viel besser, nahm ein gewöhnliches Frühstück zu sich, blieb aber im Bett; und Sir Walter Tintzel, der ihn gegen 11 Uhr besuchte, war zuversichtlich und versprach eine rasche Genesung. In der Nacht befand er sich in einem fieberhaften Delirium, schlief zwischenzeitlich ein, erwachte jedoch von Albträumen, die ihn selbst dann weiterverfolgten, wenn er hellwach zu sein schien.

Am zweiten Tag stieg das Fieber weiter an und man stellte eine akute Blutvergiftung fest; der Patient war jedoch bei klarem Verstand. Am dritten Tag mehrten sich die Symptome. Der Patient fiel in ein Delirium, das drei Tage lang ununterbrochen anhalten sollte. An die meisten der Halluzinationen, die ihn im Fieberwahn heimgesucht hatten, konnte er sich nach seiner Genesung nicht mehr erinnern. Eine aber blieb Mr Cromartie deutlich und lebhaft im Gedächtnis. Er wusste, dass es nur ein Traum gewesen war, und doch schien ihm, als habe er ihn wirklich erlebt. Dieser Traum oder vielmehr diese Vision war so einzigartig, dass sie hier ruhig niedergeschrieben werden darf.

Kleine Gruppen von Menschen trieben den Strand entlang wie dunkle Rauchwolken, die es in kleinen Böen über die Straße wehte. Sie alle kamen auf ihn zu, als er vom Somerset House zum Trafalgar Square lief. Niemand lief in dieselbe Richtung wie er, und die Menschen, die ihm begegneten, streiften ihn nicht und sahen ihn auch nicht an, sondern schmolzen rechts und links von ihm weg und ließen ihn vorbei. Hin und wieder, wenn sich ein kleiner Trupp an ihm vorbeigeschoben hatte, stieg ihm ein Hauch ihres Geruchs in die Nase und machte ihn ganz krank.

Die Leute hatten Angst und eilten weiter, er aber gedachte des großen Sir Christopher Wren, der die Straße entworfen hatte, die er jetzt durchschritt. Doch es kümmerte keinen außer ihm, keiner hatte sie erbaut, obwohl die Pläne existierten, fertig und zusammengerollt dalagen und genauso brauchbar waren wie unter der Regierung von König Karl dem Zweiten.

Mit einem Mal hob er den Kopf und sah am Himmel einen sauber gezogenen Strich. Irgendwo da war ein Flugzeug, das eine Reklame schrieb. Also blieb er inmitten der dahineilenden Menge stehen, um es zu bestaunen; und jetzt entdeckte er auch das winzige Flugzeug, das wie ein braunes Insekt aussah. Am Himmel entstanden erst ein langer Strich und dann eine Schleife – das sollte sicher eine 6 werden. Und dann hörte es auf, Rauch auszustoßen, und wurde nahezu unsichtbar, als es sich oben am Himmel entfernte.

Die Zahl schwoll an, wurde ganz groß und löste sich langsam auf, als plötzlich ein zweiter weißer Streifen erschien und das Flugzeug wieder etwas schrieb. Bald merkte er aber, dass sich alles noch einmal abspielte, wieder erschien eine 6, und als sie fertig war, stieß der Himmelsschreiber erneut hinauf in die Wolken und schrieb noch eine 6, auch wenn der Wind die erste bereits ausgelöscht hatte und am Himmel nichts mehr zu sehen war als ein paar Rauchfähnchen.

Kurz schaukelte Cromartie selbst in dem Flugzeug, das am Himmel entlangsauste, bis es wie eine angeschossene Schnepfe seitlich abfiel; einen Augenblick aber nur, als würde man die Augen schließen und spüren, wie die Erde sich im Weltraum dreht, und dann lief Cromartie vom Strand auf den Trafalgar Square. Der Platz war menschenleer und er bestaunte die Nelsonsäule. Landseers große Bestien hatten ihre Pfoten flach ausgestreckt. Was für Tiere waren das eigentlich?, fragte er sich. Löwen? Leoparden? Oder gar Bären? Schwer zu sagen. Und plötzlich sah er, dass seine rechte Hand blutete und die Finger fort waren. Eine große Menschenmenge strömte auf den Platz; die Fontänen sprudelten, die Sonne schien, und er sprang in einen scharlachroten Bus. Doch er bemerkte sogleich, dass die Menschen im Bus miteinander tuschelten und ihn anstarrten, und ihm war klar, dass der Grund seine verwundete Hand war. Er berührte mit der anderen Hand die Stirn, und auch die war voller Blut. Da bekam er Angst vor den Menschen im Bus und stieg wieder aus. Doch wo er auch hinlief, blieben die Menschen stehen, starrten ihn an und tuschelten miteinander; mischte er sich unter sie, so schraken sie zur Seite, taten sich in kleinen Gruppen zusammen und schauten ihm nach, als er vorbeiging, und das, weil sie ihn an den Wunden an seinem Kopf und an der Hand erkannten.

Sie flüsterten einander etwas zu und schauten ihn hasserfüllt an, doch etwas hielt sie zurück, und obwohl sie ihn mit Blicken nur so durchbohrten, traute sich keiner, mit dem Finger auf ihn zu zeigen …

Er wollte zur Wahl gehen. Er musste seine Stimme abgeben, und niemand würde ihn daran hindern. Endlich fand er die beiden

Eingänge zu einem unterirdischen Wahllokal, über einem stand »Damen«, über dem anderen »Herren«, und er stieg hinunter. Als er den zuständigen Bediensteten aber um seinen Stimmzettel bat, nahm der Mann ein riesiges, in Lammfell gebundenes Buch aus dem Regal – die Fellbüschel noch am Leder –, schlug etliche Seiten um und las sie genau. Dann sagte er schließlich: »Aber Herr Cromartie, Ihr Name steht gar nicht im Buch der Lebenden. Wenn Sie sich registrieren lassen wollen, müssen Sie zuerst Ihr Geheimnis preisgeben.« Als er das hörte, wurde Mr Cromartie ganz übel, und er bemerkte den Geruch der anderen Wähler, der aus den Wahlkabinen drang. Er zögerte und sagte dann schließlich:

»Ich darf also nur wählen, wenn ich mein Geheimnis preisgebe?«

»Ganz recht, Mr Cromartie. Jeder, der wählen will, muss zuvor sein Geheimnis preisgeben, darum heißt es ja Wahlgeheimnis – für Sie ist es jedoch ohnehin unmöglich zu wählen … Sie tragen das Zeichen des Tiers.«

Und Mr Cromartie schaute auf seine Hand und befühlte seine Stirn und merkte, dass er dort, wo das Tier ihn gebissen hatte, tatsächlich das Zeichen trug und von nun an ein Ausgestoßener war. Darum also hatten sie miteinander getuschelt. Er konnte sein Geheimnis nicht preisgeben, deshalb stießen sie ihn zurück und hassten ihn, denn sie fürchteten sich vor ihm. Sie waren alle gleich, sie hatten keine Geheimnisse mehr, doch er hatte das seine nicht preisgegeben, und deshalb hatte ihm das Tier sein Zeichen aufgezwungen. Nun graute es den Menschen vor ihm, und auch er fürchtete sich. »Das Tier hat mir sein Zeichen aufgezwungen«, sagte er zu sich. »Es wird mich langsam auffressen. Für mich gibt es kein Entkommen mehr, und das eine wiegt so schwer wie das andere. Alles in allem ist es mir lieber, dass mich das Tier auffrisst, als dass ich derart viel aufgebe, zudem ekelt mich vor dem Gestank meiner Mitmenschen.«

Dann hörte er das Tier, das hinter einer

Trennwand rastlos auf und ab lief; er hörte das Rascheln von Stroh und wie sich das gewaltige Biest den Körper leckte; sein Geruch, süßlich und warm und schrecklich, verschlang ihn ganz, und er lag reichlich still auf dem Boden des Käfigs und hörte, wie es bum, bum, bum mit dem Schwanz auf den Boden schlug. Schlimmer konnte der Schrecken nicht sein, also tat er rasch die Augen auf und wurde gewahr, dass es sein eigenes Herz war, das da schlug, nicht der Schwanz eines Tieres, und dass ihn saubere Laken, Blumen und der Geruch von Iodform umgaben. Die Angst aber verfolgte ihn noch den halben Tag.

Mr Cromartie war zwei Wochen später außer Gefahr, blieb aber länger noch derartig schwach, dass man ihm keine Besuche gestattete, weshalb Josephine, die jeden Tag kam, sich nur nach dem Verlauf der letzten Nacht erkundigen und Blumen für ihn abgeben konnte.

In den Wochen darauf sollte Mr Cromartie rasch genesen, auch wenn er nicht zu seiner gewohnten Gesundheit zurückfand; anfangs verließ er das Bett nur eine Stunde, später machte er kleine Spaziergänge durch den Garten.

Zu diesem Zeitpunkt schlugen die ihn behandelnden Ärzte einen radikalen Ortswechsel vor, von dem sie sich baldige Wirkung versprachen, und der Direktor, der dem Vorhaben nicht im Weg stehen wollte, drängte den Patienten, einen Monat nach Cornwall zu reisen und sich zu erholen. Dabei stieß er aber auf anhaltenden und unnachgiebigen Widerstand, oder vielmehr auf völlige Lethargie und Initiativlosigkeit. Mr Cromartie weigerte sich, in die Ferien zu fahren. Er lehnte es ab, alleine Urlaub zu machen, fügte aber hinzu, dass er dem Direktor jederzeit zur Verfügung stünde, sollte man vorhaben, ihn in Begleitung eines Tierpflegers irgendwo hinzuschicken. Nach einigen Tagen, in denen der Direktor ihm die unterschiedlichsten Vorschläge unterbreitet hatte, verwarf man den Plan, Mr Cromartie fortzuschicken. Zum einen ließ sich nur schwer auf einen der Pfleger verzichten beziehungsweise ein geeigneter Begleiter finden, zum anderen ließ sich nur schwer ein passender Ort ausmachen.

Hauptsächlich verwarf man den Plan jedoch, weil der Kranke jedem Vorschlag gleichgültig und nahezu feindselig begegnete und es dem Direktor allmählich dämmerte, dass es für diese Feindseligkeit gewiss einen Grund gab.

Mr Cromartie hatte zweifellos das Gefühl, dass es nach einer solchen Auszeit nur umso schwerer für ihn wäre, in die Gefangenschaft zurückzukehren, weshalb er sich dagegen sträubte, da er sich nicht vor etwas drücken wollte, das er als seine Pflicht ansah.

Darum beschloss man Mr Cromarties direkte Rückkehr in den Käfig, bekräftigte aber, dass er sich dem Publikum nie länger aussetzen müsse, als er es wünsche, und bat ihn, sich ein oder mehrere Stunden am Tag zurückzuziehen und hinzulegen.

Man erhoffte sich, dass er auf diese Weise und durch häufige stundenlange Spazierfahrten nach Einbruch der Dunkelheit zu gewohnter Gesundheit zurückfand und aus dieser apathischen Phase herauskam, die den behandelnden Ärzten die größte Sorge bereitete.

Doch bevor Cromartie wieder sein altes Quartier bezog, sollte der Direktor ihm noch eine Neuigkeit überbringen, die ihn unmittelbar anging, auch wenn er ihre Bedeutung zunächst nicht in vollem Umfang verstand.

Der Direktor überbrachte ihm die Mitteilung derart konfus und voller Rechtfertigungen und hielt sich so lange mit der Vorrede auf – darüber, wie viel die Zoologische Gesellschaft Mr Cromartie zu verdanken habe –, dass Cromartie nur mit Mühe folgen konnte, bis der Direktor zum Punkt kam und schließlich sagte: Das Experiment, einen Menschen auszustellen, habe sich als weitaus größerer Erfolg erwiesen, als sich der Ausschuss je erträumt hätte, sodass man beschlossen habe, nun einen zweiten Menschen folgen zu lassen – einen Schwarzen. Diesen habe man genau genommen schon vor einigen Tagen engagiert, er habe seinen Käfig aber erst heute bezogen. Der Ausschuss beabsichtige, über kurz oder lang ein »Menschenhaus« mit einem Exemplar jeder Rasse einzurichten – Buschmänner, Südsee-Insulaner und andere in traditionellem Kostüm, wobei sich eine solche Sammlung natürlich nur allmählich und je nach Gelegenheit vervollständigen ließe.

Der arme Direktor war so schrecklich verlegen, als er diesen Beschluss offenbarte, dass Cromartie einzig daran dachte, wie er ihn aus dieser Unannehmlichkeit befreien könne, und obwohl er einen recht starken Unmut verspürte, als er von dem Neger erfuhr, unterdrückte er diesen ganz und gar. Nachdem der Direktor sich nun überzeugt hatte, dass Cromartie ihm wegen dieser Neuerung nicht grollte, ihr sogar gleichgültig gegenüberstand, war er vor Freude und Erleichterung genauso überwältigt wie eben noch vor Verwirrung und Verlegenheit.

Zuerst einmal atmete er tief aus und wischte sich mit einem seidenen Taschentuch die Stirn; sein ehrliches Gesicht hatte nun einen fröhlichen Ausdruck angenommen, und er griff Cromartie bei den Händen, dann bei den Rockaufschlägen und erklärte von Lachen unterbrochen, dass er sich aus Überzeugung, Cromartie wäre sicher dagegen, mit größtem Nachdruck gegen das Projekt ausgesprochen habe, und nachdem er überstimmt worden sei, nicht gewusst habe, wie er ihm diese Nachricht beibringen solle. Er schwor, zwei Nächte lang grübelnd wach gelegen zu haben, aber jetzt, wo er wisse, dass Cromartie den Plan sogar billige, fühle er sich wie neu geboren. »Was bin ich doch für ein Narr«, sagte er. »Immer geht meine Phantasie mit mir durch. Ständig mache ich mir Sorgen, dass andere sich aufregen, bis sich herausstellt, dass sie keinen Deut darauf geben und ich überhaupt der Einzige bin, der sich aufregt … und immer wegen der anderen … Hahaha! Selbst mit meiner Frau ergeht es mir so. Es passiert mir ständig. Aber nun werde ich das Menschenhaus mit voller Kraft vorantreiben, denn es ist schon eine verdammt gute Idee, müssen Sie wissen. Das war die ganze Zeit über mein Gefühl, doch ich bekam einfach nicht aus dem Kopf, dass es ungerecht gegen Sie wäre.«

Mr Cromartie aber war alles andere als begeistert, sagte sich nur immer wieder, dass er beabsichtige, seinen Teil des Vertrags einzuhalten, solange der Zoo den seinen erfülle, und dass nichts von alledem den Vertrag in irgendeiner Weise verletze oder entkräfte. Als Mr Cromartie aber in seinen Käfig zurückkehrte und im Käfig nebenan einen schwarzen Mann sah, der gerade einen schwarzen Bowlerhut bürstete, war es doch ein großer Schock, als ihm klar wurde, dass dies der Nachbar war, von dem der Direktor eben sprach. Der Mann war kohlrabenschwarz; ein munterer Kerl mit einem rosa-grün gestreiften Hemd, einem senffarbenen Anzug und glänzenden Lackstiefeln. Als er Mr Cromartie bemerkte, drehte er sich schwungvoll zu ihm um und rief, »oh, der geheimnisvolle Kranke ist da«, und ging bis an das Gitter heran, das Cromartie und ihn trennte: »Erlauben Sie mir, Sie hier im neuen Menschenhaus willkommen zu heißen. Wenn ich mich vorstellen darf – Joe Tennison. Schön, Sie kennenzulernen, Mr Cromartie. Es ist mir wirklich eine Freude, nun einen Menschen zum Nachbarn zu haben.« Cromartie verbeugte sich steif und sagte ganz merkwürdig »Guten Tag«, aber der Neger war alles andere als verlegen und lehnte sich gegen das Drahtgeflecht, bis es sich wölbte.

»Sie werden das Haus jetzt von all diesen armen Mistviechern säubern«, sagte er und zeigte auf den Schimpansen hinter Cromartie. »Die werden nicht länger mit uns zusammen gehalten, diese miesen eifersüchtigen Biester! Beißen einem einfach den Finger ab, wenn sie ihn erwischen!«

Cromartie drehte sich zu dem Schimpansen um; er hatte ihn schon immer eher bemitleidet, aber wie bemitleidete er ihn erst jetzt, wo sein neuer Nachbar Tennison so schlecht über ihn sprach! Und nicht zum ersten Mal hegte er eine liebevolle Sympathie für den hässlichen kleinen Affen. Wie viel lieber hätte er doch die gemeine alte Orang-Utan-Dame wieder an ihrem Platz gewusst als diesen unerträglich redseligen Kerl, der sich so miserabel gegenüber den Tieren verhielt.

Im ersten Moment war Mr Cromartie recht verunsichert und wusste nicht, wie er auf Mr Tennisons Redeschwall reagieren sollte. Darum hatte er auch noch kein Wort gesagt, als Collins ihn ein oder zwei Minuten später erlöste, da dieser mit dem Karakal hereinkam, den man nach Mr Cromarties Unfall zurück ins Kleine Raubtierhaus gebracht hatte.

Die Freude der beiden, endlich wieder vereint zu sein, war riesig, und ein jeder zeigte es auf seine Weise. Zunächst trottete der Karakal gemächlich zu Cromartie hin, als wolle er ihn nur beschnuppern, dann schnurrte er laut, rieb sich an seinem Freund und strich ihm um die Beine, ehe er ihm auf den Arm sprang, ihm das Gesicht und die Haare leckte und sich an seiner Brust zusammenrollte, als wolle er dort schlafen, so aber nicht lange verharrte, sondern schon bald wieder hinuntersprang. Dann drehte er im Käfig seine Runden, beschnüffelte die Ecken und versicherte sich vom Tisch aus, dass auch alles in Ordnung war.

Als Joe Tennison ihn rief, lief der Karakal an ihm vorbei, ohne ihn eines Blickes zu würdigen; sein Freund Cromartie machte es nicht viel anders, denn als er hörte, dass der Neger wieder zu ihm sprach, nickte er kurz und zog sich rasch in sein Hinterzimmer zurück. Dort wurde Mr Cromartie aber bewusst, dass der Neger nun auf Jahre sein Nachbar und Mitstreiter sein sollte und er unmöglich jedes Mal davonlaufen könne, sobald der Neger ihn ansprach. Er musste Tennison dazu bringen, seine Privatsphäre zu respektieren, ohne ihn sich zum Feind zu machen, doch vorläufig sah

Mr Cromartie noch nicht, wie ihm das gelingen könnte. So nahm er zunächst einmal ein Buch mit Gedichten von Waleys aus dem Regal, übersetzt aus dem Chinesischen, und ging damit zurück in seinen Käfig, wo er sich hinsetzte und las.

Er lebt im dichten Wald, tief in den Hügeln,
Haust in den Spalten steiler, jäher Felsen;
Wach und wild ist seine Natur, behände ist sein Witz.
Flink ist er und wendig,
Geht jedem Verlangen nach.
Ob er hundert Fuß hohe Riesenstämme erklettert,
Ob er schwingt an den Spitzen zitternder Äste,
Vor sich die dunklen Strudel unergründlicher Ströme,
Hinter sich die stillen Höhlen einsamer Hügel.
Zweige und schwankende Ranken sind seine Schaukeln,

Er tänzelt über die Sprossen aus verrottendem
Holz
Zu gefährlichen Stellen. Und oft, Sprung auf
Sprung,
Schießt wie ein Blitz er durch die Wälder.
Bisweilen bummelt er, bedrückt-verlassnen
Blicks;
Schaut sich dann plötzlich um,
Strahlend vor Behagen. Auf springt er dann,
Hüpft und prahlt und stößt seinen Kriegs
schrei aus.
Flink erklimmt er die Klippen, die schroffen
Felsen,
Tanzt auf rutschigem Schiefer und knacken
den Zweigen,
Wirft sich plötzlich herum, huscht behände
weiter.
Ach, welche Zunge könnte
die Fabel aller Finessen entflechten?
Doch ach, einen Zug
Hat mit den Menschen er gemeinsam, süß ist
ihm ihr Süßes,
Bitter ihr Bittres; vom Fass des Brauers

Leckt er begierig den Zucker.
Drum stellt ihm der Mensch Wein auf den Weg.
Seht nur, wie rasch er herbeieilt,
Seht, wie er schnell schleckt und schmatzt!
Doch strauchelt er bald, fühlt sich betäubt und blöd,
Dunkelheit legt sich vor seine Augen …
Er schläft und weiß nichts mehr.
Listig schleicht nun der Jäger heran; er packt seine Mähne,
Legt ihm ein Seil um den Hals und schleift ihn nach Hause,
Sperrt ihn in den Hof oder bindet ihn an im Stall;
Dann kommen den Tag lang Gesichter,
Gaffen, gieren und glotzen und gehen nicht fort …

Während er las, kam Joe Tennison drei oder vier Mal und fing ein Gespräch mit ihm an, Cromartie aber ignorierte seine Äußerungen, hob nicht einmal den Kopf, sondern las in aller Seelenruhe weiter.

Zum Glück waren viele Leute gekommen, um ihren alten Liebling Cromartie zu besuchen, jetzt wo er wieder da war, und bei der Gelegenheit auch einen Blick auf den Neuen zu werfen, den Schwarzen im Zoo, über den es nahezu so viel Gerede gab wie zuvor über Mr Cromartie.

Die Anwesenheit der Besucher war aus zweierlei Gründen ein Glück: zum einen lenkte sie Joe Tennison ab, der bekam, was er im Leben am meisten wollte – nämlich ein Publikum; zum anderen konnte Mr Cromartie ihm durch das völlige Ignorieren der Besucher zeigen, dass dies sein gewöhnliches Verhalten war. Der Neger hatte also keinen Grund, beleidigt zu sein, weil Mr Cromartie ihn wie Luft behandelte. An dieser Stelle sollte ich vielleicht hinzufügen, dass Mr Cromartie keine Vorbehalte gegenüber einem schwarzen Nachbarn hegte und auch keine besonderen Vorurteile gegenüber Menschen dieser Hautfarbe hatte. Genau genommen war Mr Tennison überhaupt der erste Neger, mit dem er je gesprochen hatte. Zugleich löste aber gerade dieser Kerl eine starke Ablehnung in ihm aus, und diese Aversion nahm mit der Zeit nur zu.

Am nächsten Morgen wartete Josephine Lackett bereits auf Mr Cromartie, als er nach dem Frühstück in den Käfig kam. Sie stand etwas entfernt und schaute durch die Tür des Affenhauses (um es weiter beim alten Namen zu nennen) ins Freie, und noch ehe er wusste, was er tat, rief er sie an: »Josephine! Josephine! Was tust du denn hier?«

Sie drehte sich um und kam auf ihn zu, und ihr bloßer Anblick ging Mr Cromartie so nah, dass er einen Augenblick lang kaum sprechen konnte; als es ihm endlich gelang, war er so liebevoll wie all die Zeit in Gefangenschaft nicht.

Josephine aber brauchte eine Zeit, um sich an die Anwesenheit von Mr Tennison zu gewöhnen, der sich nur ein paar Meter entfernt in einem Liegestuhl räkelte und versuchte, sich sein goldgerahmtes Monokel ins

Auge zu klemmen, um sie damit zu mustern, was ihm aber immer wieder herunterfiel, als hätte er den Trick, es festzuklemmen, noch nicht heraus, was auch stimmte, denn er hatte es erst eine Woche zuvor gekauft.

Eine Weile wusste Josephine nichts Rechtes zu sagen, außer John zu seiner Genesung zu gratulieren, und ihm zu versichern, wie froh sie war, dass es ihm nun endlich wieder gut ging. Dann dankte sie ihm, dass er sie gebeten hatte zu kommen und sie so jetzt mit ihm sprechen konnte.

»Sei keine Gans, Josephine«, sagte John Cromartie. Dann aber erriet er, was in ihr vorging, und sagte: »Meine liebe Josephine, mach es wie ich, beachte ihn nicht.«

Josephine aber schwieg, und in dem Augenblick strich der Karakal herein, der soeben seine Morgentoilette beendet hatte.

»Ich habe deinen Liebling einige Male besucht, während du krank warst«, sagte Josephine. »Er wirkte sehr unglücklich und nahm keine Notiz von mir. Wahrscheinlich ist er

Frauen gegenüber eher scheu und nicht weiter an sie gewöhnt.«

Mr Cromartie nickte. Er freute sich, dass Josephine den Karakal besucht hatte, wusste jedoch, dass es reine Zeitverschwendung gewesen war, da er sich nichts aus den Menschen machte, die von außen zu ihm in den Käfig sahen. Plötzlich hörte er Josephine sagen: »John, ich muss dich allein sehen und mit dir sprechen. Ich kann so einfach nicht weitermachen. Und du kannst nicht ewig davonlaufen.«

»Was meinst du damit?«

»Ich meine, dass du doch sehen musst, dass wir zusammengehören. Mir ist gleich, was du tust, aber etwas musst du tun, so geht es nicht weiter. Bitte veranlasse, dass wir uns sehen und alleine über alles reden können.«

Nun war es Cromartie, der verlegen und scheu dreinblickte; Cromartie, dem es nicht leichtfiel, über das zu sprechen, was er empfand, zumindest nicht in der letzten Zeit.

Endlich aber brachte er ein paar unzusammenhängende Bemerkungen hervor, dass es ihm leidtäte, er aber nun einmal nichts tun könne, er kein freier Mensch sei. Zu guter Letzt aber gewann er an Selbstvertrauen, sah Josephine in die Augen und sagte: »Liebste, es ist nunmehr unvermeidlich, dass wir beide unglücklich sind. Oder, um es noch deutlicher zu sagen: Ich liebe dich. Ich denke jede Sekunde an dich, und nun scheinst auch du so für mich zu empfinden und wirst ebenso unglücklich sein. Ich kann nur hoffen, dass dein Gefühl für mich irgendwann nachlässt. Ich denke doch, dass es das mit der Zeit auch tut, und ich hoffe dasselbe für mich. Bis dahin müssen wir uns zusammennehmen und uns abfinden mit unserem Schicksal.«

»Ich will mich aber nicht abfinden«, sagte Josephine. »Allein der Gedanke macht mich ganz wütend, und vielleicht werde ich dabei noch verrückt oder dergleichen.«

»Es ist falsch, dass wir unsere Gefühle füreinander weiter befeuern«, sagte Cromartie recht grob.

»Das ist das Schlimmste, das wir einander antun können, und es ist ganz und gar nicht liebevoll.

Dir bleibt nur, mich zu vergessen, und mir allein die Hoffnung, dass ich es ebenfalls irgendwann kann.«

»Das ist unmöglich; und wenn wir uns nicht sehen, wird alles nur noch schlimmer«, sagte Josephine.

Da bemerkten sie, dass inzwischen recht viele Leute das Affenhaus betreten hatten und sich im Hintergrund hielten, um ihre Unterhaltung nicht zu unterbrechen.

»Es ist eine traurige Geschichte«, sagte Cromartie, »eine verdammt traurige Geschichte.« Bei diesen Worten ging Josephine davon. Er wandte sich weg und setzte sich erneut hin, hörte aber kurz darauf ein lautes: »Entschuldigen Sie, Sah. Entschuldigen Sie, dass ich mich einmische, aber wenn ich richtig gehört habe, Sah, heißt Ihre junge Freundin Josephine. Ein erstaunlicher Zufall!, denn ich heiße Joseph, müssen Sie wissen. Joseph und Josephine.«

Wenn Cromartie Tennison nach dieser Äußerung irgendwie ermuntert haben sollte, weiterzusprechen, so war das keinesfalls beabsichtigt. Ihm war schwindlig, und es gelang ihm nur durch Willenskraft, aufrecht zu stehen, ohne sich an den Gitterstäben festzuhalten.

»Interessieren Sie sich eigentlich für Frauen?«, fragte der Neger. »Diese da sind schon den ganzen Vormittag hier und starren mich an … hihihi.«

»Nein«, antwortete Mr Cromartie, »ich interessiere mich nicht für sie.« Kein Mensch hätte die aufrichtige Verzweiflung in seiner Stimme missverstehen können.

»Freut mich zu hören«, sagte Tennison, der plötzlich zu seiner üblichen Herzlichkeit und Beschwingtheit zurückfand.

»Ich empfinde es genauso, ganz genauso. Ich interessiere mich überhaupt nicht für Frauen. Nur meine arme alte Mammy, oh ja, die war die Beste, die Allerbeste. Eine Mutter ist der beste Freund, den man im Leben haben kann; einen besseren gibt es nicht. Meine Mutter war einfach, konnte nicht lesen und nicht schreiben, wusste dafür aber die ganze Bibel auswendig. Sie hat mir von der Heilsgeschichte erzählt. Als ich fünf war, hat sie mich die heiligen Worte der Bibel gelehrt, und ich hab sie ihr nachgesprochen, einen Vers nach dem anderen. Sie war der beste Freund, den ich je haben werde.

Aber andere Frauen, Sir? Nein, danke. Die brauche ich nicht. Sie sind im Leben eines Mannes nichts als eine Versuchung; die Versuchung, dass er seine wahre Männlichkeit vergisst. Und das Schlimmste daran ist: Je mehr man sie zurückweist, umso mehr rennen sie einem nach. Absolut erwiesen.

Nein, hier neben Ihnen, eingesperrt hinter Drahtgeflecht und Gitterstäben, die die Frauen fernhalten, bin ich weit sicherer und besser dran, und ich schätze mal, Ihnen geht es genauso. Nicht wahr, Mr Cromartie?«

Cromartie hob plötzlich den Kopf und schaute den Mann an, der zu ihm gesprochen hatte.

»Wer sind Sie eigentlich?«, fragte er mit äußerst wildem Blick und ging dann in sein Hinterzimmer, wo er sich erschöpft niederlegte.

Er war noch immer geschwächt von der Krankheit und hatte Kopfschmerzen von der stickigen Enge des Affenhauses. Immerzu musste er sich nun beherrschen, und das strengte ihn zunehmend an. Oft tat er, was er soeben getan hatte, er ging in sein Hinterzimmer, um sich zu erholen, brach dort aber haltlos in Tränen aus, und auch wenn er danach jedes Mal über sich lachte, beruhigte ihn das Weinen doch, obwohl er sich danach meist nur noch schwächer und dünnhäutiger fühlte als zuvor.

Doch zu dieser Zeit waren die Sorgen und Nöte der äußeren Welt ohne Bedeutung für ihn. Er dachte einzig und allein an Josephine.

All die Zeit, die er geglaubt hatte, es gäbe zu viele unüberwindbare Hindernisse zwischen ihnen und sie könnten niemals glücklich miteinander werden, war es nahezu eine Erleichterung gewesen war, hier im Zoo eingesperrt zu sein. Doch jetzt, da er sich so schwach fühlte, war es nur eine zusätzliche Last, vor allem, da er sich nun fragte, ob Josephine und er nicht doch einige Zeit glücklich sein könnten zu zweit.

Ihm war auch weiterhin bewusst, dass sie beide zu stolz waren, um allzu lange miteinander auszukommen, aber könnten sie denn nicht eine Woche oder einen Monat oder gar ein Jahr voller Glück zusammen verbringen?

Vielleicht war das ja wirklich möglich, und doch war es ausgeschlossen, und er saß nun eingesperrt mit einem Neger in diesem Käfig, der draußen darauf wartete, ihm irgendwelches widerliches Zeug zu erzählen, bis ihm irgendwann der Geduldsfaden riss.

Joe Tennison sprach Cromartie dann aber gar nicht an, als dieser sich wieder aufgerappelt hatte und hinaus in den Käfig gegangen war, nicht direkt jedenfalls. Dennoch war er so lästig wie zuvor, wenn auch auf andere Art.

Nachdem Cromartie sich nun hingesetzt und eine Weile gelesen hatte, gab es zwei bis drei Minuten lang keine Besucher, und plötzlich hörte er den Neger, der in seine Richtung blickte, bei einem Monolog.

»Armer Kerl! So ein armer Kerl aber auch! So sind sie, die Frauen, sie machen die Männer fertig, oh ja! Ich habe das alles selbst erlebt … Ich kenne mich damit aus … Oh, die Liebe! Die Liebe ist die Hölle. Und dieser arme junge Mann hier ist sicher verliebt. Niemand kann ihn aufmuntern. Nur dieses Mädchen, der Grund für seinen Kummer, kann etwas tun. Und ich gebe besser vor, dass ich nichts merke, so wie auch sonst die ganze Zeit.« An dieser Stelle wurde der Sprecher durch die Ankunft einiger Besucher abgelenkt, die vor seinem Käfig stehen blieben, doch Mr Cromartie griff hiernach bei dem Neger zur selben Methode wie zuvor bei den Besuchern. Er ließ ihn unbeachtet, vermied es, ihm je in die Augen zu sehen, und nahm nie auch nur die kleinste Notiz von dem, was er sagte.

Als Cromartie am nächsten Morgen mit seinem Karakal Ball spielte, wie es ihre Gewohnheit gewesen war, ehe der Orang-Utan es ihnen verleidet hatte, hörte er Josephines Stimme.

Er warf seinem Freund, der Katze mit den spitzen Quastenohren, den Ball zu und ging schnurstracks zu Josephine. Ohne eine Begrüßung abzuwarten, sagte sie:

»John, ich liebe dich, und ich muss dich jetzt gleich alleine sehen. Ich komme zu dir in den Käfig; ich muss mit dir reden.«

»Nein, Josephine, bitte nicht, das ist ausgeschlossen«, sagte Cromartie. »Ich ertrage es kaum, dich überhaupt zu sehen, da musst du doch verstehen, dass ich es unmöglich ertragen könnte, dass du hier zu mir in den Käfig kommst und dann wieder gehst.«

»Aber ich will doch nicht gehen«, sagte Josephine.

»Wenn du je zu mir in den Käfig kommst, musst du für immer bleiben«, sagte Cromartie. Er hatte sich nun wieder gefasst, sein schwacher Augenblick war vorbei. »Und wenn du dich nicht entschließen kannst, genau das zu tun, so werden wir uns überhaupt nicht mehr sehen. Ich glaube, ich sterbe, wenn es so weitergeht wie jetzt. Wir können nicht glücklich zusammen sein.«

»Nun, dann sollten wir besser zusammen unglücklich sein als so unglücklich getrennt«, sagte Josephine. Sie hatte plötzlich angefangen zu weinen.

»Ach du, mein Liebling«, sagte Cromartie, »es ist alles ein dummer Fehler, aber wir werden es irgendwie hinbekommen. Ich werde den Direktor überreden, dass du den Käfig nebenan bekommst, nicht dieser verdammte Neger, und dann können wir uns immerzu sehen.«

Josephine schüttelte heftig den Kopf, um wie ein nass gewordener Hund die Tränen abzuschütteln.

»Nein, das ist nicht genug«, erwiderte sie wütend, »das ist ganz und gar nicht genug. Ich will mit dir in einem Käfig leben, andernfalls lebe ich in überhaupt keinem Käfig. Ich bin nicht hier, um alleine in einem Käfig zu hocken. Ich will deinen Käfig mit dir teilen und mich von allen anderen lossagen.«

Sie lachte zynisch und warf ihre blonden Haare zurück. Tränen funkelten in ihren Augen, doch sie sah Cromartie fest an. »Zum Teufel mit den anderen«, sagte sie noch einmal. »Nur du zählst für mich, John, nur du auf der ganzen Welt, und wenn man uns zusammen in einen Käfig lässt und wir dann schikaniert werden, müssen wir es eben ertragen. Ich hasse sie alle miteinander, und ich werde ihnen zum Trotz sehr glücklich mit dir sein. Niemand bringt mich dazu, mich zu schämen. Ich bin, die ich bin, und genau die werde ich jetzt sein.«

»Liebster Schatz«, sagte Cromartie, »du wärst schrecklich unglücklich hier. Es ist einfach grässlich, denk nicht mal daran. Ich habe einen viel besseren Plan. Ich kann sie nicht bitten, mich gehen zu lassen, und das werde ich auch nicht tun. Aber ich bin jetzt noch immer so kraftlos, dass es ein Leichtes wäre, wieder richtig krank zu werden, und ich denke, dann lassen sie mich gehen und wir können heiraten.«

»Das geht doch nicht!«, sagte Josephine. »Wir können nicht länger warten, und du würdest sterben bei diesem Plan. Du hast doch sicher nicht unterschrieben, dass du nicht heiraten darfst, oder?«, fragte sie. »Sag ihnen einfach, dass du heiratest – und zwar noch heute, und dass deine Frau einverstanden ist, mit dir in deinem Käfig zu leben.«

Während dieser Unterhaltung waren mehrere Leute ins Affenhaus gekommen und hatten es nach einem entsetzten Blick auf Josephine sogleich wieder verlassen, doch jetzt kam Collins herein. Er schaute recht seltsam und überrascht, Josephine da zu sehen, doch sie rief ihn sogleich herbei und sagte:

»Mr Cromartie und ich wünschen den Direktor zu sprechen. Wären Sie so freundlich, ihn für uns zu suchen und sogleich herzubitten?«

»Sehr wohl«, sagte Collins; dann erhaschte er einen Blick auf Joe Tennison, der Cromartie und die Dame mit nur einem Meter Abstand begaffte, wobei ihm fast die gelben Augäpfel aus seinem rußfarbenen Gesicht fielen, so dass Collins ihn in strengem Ton in das Hinterzimmer seines Käfigs schickte.

»Oh, wenn Sie wüssten, also ich kann Ihnen was erzählen, das werden Sie nicht glauben«, rief Joe, doch Collins hielt drohend den Finger auf ihn gerichtet, und der Neger sprang auf und zog sich zurück.

Zehn Minuten später betrat der Direktor das Affenhaus.

Er sagte: »Kommen Sie nach hinten, Miss Lackett, dann können wir ungestört reden.« Dann schloss er die Tür des hinteren Käfigteils bzw. des Hinterzimmers auf, und Josephine ging hinein. Sie setzten sich.

»Ich habe Miss Lackett gebeten, meine Frau zu werden, und sie hat zugestimmt«, sagte Cromartie ziemlich steif.

»Ich wollte es Ihnen sofort mitteilen, damit Sie die nötigen Anordnungen für die

Zeremonie treffen können, die wir selbstverständlich so privat wie nur möglich und vor allem sofort durchführen möchten. Nach unserer Hochzeit ist meine Frau einverstanden, hier in diesem Käfig mit mir zu leben, es sei denn, Sie wünschen, dass wir ein anderes Quartier beziehen.«

Der Direktor lachte plötzlich los, herzhaft und wohlwollend. Cromartie empfand es als Gemeinheit, Josephine als Bedrohung. Sie machten beide finstere Gesichter und rückten unmerklich zusammen, um gemeinsam auf das Schlimmste zu warten.

»Hierzu muss ich Ihnen erklären, dass der Ausschuss bereits beschlossen hat, welche Maßnahmen bei einem solchen Ereignis zu treffen sind.

Es ist uns aus vielerlei Gründen unmöglich, verheiratete Paare im Menschenhaus zu halten, und für den Fall, dass Sie heiraten sollten, Mr Cromartie, haben wir beschlossen, unseren Vertrag mit Ihnen für beendet zu erklären. Oder anders gesagt, es steht Ihnen nun frei zu gehen, und genau darum werde ich Sie nun auch hinauswerfen.«

Während er diese Worte sagte, erhob sich der Direktor und öffnete die Tür. Das überglückliche Paar zögerte kurz; sie schauten sich an und traten zusammen aus dem Käfig, aber Josephine hielt ihren Mann dabei fest am Arm. Der Direktor schlug die Tür zu und schloss dabei den vergessenen Karakal ein. Dann sagte er:

»Cromartie, ich gratuliere Ihnen von ganzem Herzen. Und Sie, meine liebe Miss Lackett, haben sich für einen Mann entschieden, den wir alle hier sehr achten und überaus bewundern.«

Hand in Hand eilten Josephine und John durch den Garten. Sie blieben nicht stehen, um sich die Hunde oder Füchse anzusehen, die Wölfe oder Tiger, sondern liefen am Löwenhaus und den Viehställen vorbei und entschlüpften, ohne auch nur einen Blick auf die Fasane oder den vereinzelten Pfau zu werfen, durch das Drehkreuz in den Regent's Park.

Noch immer Hand in Hand, mischten sie sich dort unbemerkt unter die Leute. Niemand schaute sie an, niemand erkannte sie. Denn die meisten Leute waren wie sie – Liebespaare.

ENDE

Edith Wharton

Traumtänzer

Roman

432 Seiten, btb 74465

Eine Villa am Comer See, ein Palazzo in Venedig, die exklusiven Salons in London und Paris – hier gibt sich die High Society der goldenen 20er Jahren des letzten Jahrhunderts ein Stelldichein. Mittendrin das frisch verheiratete, aber mittellose Paar Susy und Nick Lansing, die sich fröhlich von einer Sommerfrische zur nächsten schmarotzen und mit Esprit ihre Gönner unterhalten. Doch für ihr Luxusleben zahlen sie einen hohen Preis, denn die Abhängigkeit von ihren reichen Freunden hat ungeahnte Folgen für das junge Paar.

Ein altes Haus am Hudson River

Roman

624 Seiten, btb 74606

Für Vance Weston, Sohn eines Immobilienspekulanten, hält die Zukunft ein komfortables Leben in der amerikanischen Provinz bereit. Doch der 19-Jährige hat eigene Pläne: Vance will nach New York und dort Schriftsteller werden. Tatsächlich gelingt ihm in der pulsierenden Metropole der kometenhafte Aufstieg zum Liebling der Society. Doch allzu rasch folgt die große Ernüchterung, und Vance muss sich zwischen kommerziellem Erfolg und seinen literarischen Grundsätzen entscheiden. Der einzige Mensch, der ihm Orientierung bietet, ist Héloïse, die kluge und schöne Frau seines Verlegers.